Fuego - Band 2
Zwischen Rache und Liebe

Impressum:

Deutsche Erstausgabe Februar 2021
Alle Rechte am Werk liegen beim Autor
Copyright@ Jaliah J., Berlin

Fuego 2
Zwischen Rache und Liebe

Lektorat: Günter Bast
Cover/Bildgestaltung: Wolkenart – Marie-Katharina Becker,
www.wolkenart.com

Herstellung und Verlag: BoD – Books on Demand, Norderstedt.

ISBN 978-3-7534-0566-7

www.jaliahj.de
Instagram: jaliahj_official

Jaliah J.

Fuego

Band 2

Zwischen
Rache
und Liebe

Kapitel 1

»Verdammt!«

Alma fasst sich an den Knöchel, sie ist an einer Wurzel hängen geblieben. Ihr Fußkettchen ist weg. »Ganz toll.« Sie kämpft gegen die aufsteigenden Tränen an. Mit ihrem Blick sucht sie die trockene Erde ab, um ihr Fußkettchen zu finden, doch sie sieht es nicht. Wahrscheinlich ist sie viel zu müde, sie hat nicht eine Minute geschlafen und es ist bereits früher Mittag.

Sie hat es fast geschafft. Alma hebt die letzten Auberginen auf und hievt den letzten Korb auf die Ladefläche ihres roten Trucks. Der bittere Duft von Feuer, heißer Asche und Verrat kitzelt in ihrer Nase. Noch einmal geht sie zurück und sieht auf die Erde, doch sie findet das Kettchen nicht. Es passt zu allem, was die letzten Stunden passiert ist. Heute hat sie vieles verloren.

Ihr Blick schweift wehmütig über die Felder. Alma hat sie weitestgehend abgeerntet. Sie nimmt sich vor, den Rest in ein paar Tagen zu holen. Ihr Blick fällt zum Meer, es schlägt wild gegen die Felsen, aufgebracht, genau wie ihr Inneres. Ihr Haus ist komplett leer.

Nachdem sie die Grabstätten verlassen hat und nachsehen wollte, was sie mitnehmen kann, war sie fassungslos, zu sehen, dass die Männer wirklich alles ausgeräumt haben. Sie weiß, wie mächtig Thiago ist, und wenn er sagt, er will sie hier nicht mehr sehen, führen seine Männer seine Befehle aus.

Was soll sie mehr schockieren? Dass sie von einer zur anderen Minute ihr Zuhause verloren haben oder dass sie sich so sehr in Thiago getäuscht hat?

Obwohl, das ist das falsche Wort. Sie hat sich nicht in ihm getäuscht. Sie hat es immer geahnt, hat diese Kälte in seinen

Augen gesehen, doch diese Kälte ist auch immer wieder etwas Warmem gewichen, wenn er ihr in die Augen geblickt hat. Die Art, wie er sie an sich gezogen und gleichzeitig wieder von sich gestoßen hat, all das war wie eine Warnung in ihrem Hinterkopf, doch es wurde besser und Alma hatte die Hoffnung, dass die Kälte nach und nach verschwinden würde, bis sie nun endlich den Grund für all das erfahren hat.

Thiago hat seine Ehefrau und sein ungeborenes Kind auf bestialische Art verloren. Es wundert Alma nicht, dass er heute Nacht ausgeflippt ist. Das Feuer wird für ihn mehr bedeutet haben als nur der Verlust all dessen, was er sich neu aufgebaut hat. Auch wenn das schon schlimm genug ist.

Es war Erleichterung, die in seinen Augen aufgeblitzt ist, als er sie entdeckt und geküsst hat, die sofort wieder einer Wut gewichen ist, als er die Anweisung gegeben hat, ihren Vater und sie von hier wegzuschaffen. Doch das Schlimmste war, als sie ihn am Grab seiner Frau getroffen hat, nachdem Dallas ihr erklärt hat, was damals passiert ist und wieso Thiago so stark auf all das reagiert und sie schützen will. Selbst da konnte sie es nicht glauben und hat die Männer mit ihrem Vater vorgeschickt, um alles mit eigenen Augen zu sehen. Nach und nach hat alles einen Sinn ergeben.

Es ist ein Albtraum. Ohne es selbst gesehen zu haben, kann man niemandem erklären, was man empfindet, wenn man die weißen Wände mit den Hunderten von Namen darauf vorfindet. Diese Gedenk- und Grabstätte macht einem deutlich, was für ein Horror damals passiert ist, und jetzt ist auch klar, dass daraus Thiago entstanden ist. Er hat sich aus diesen Trümmern erhoben und hat das alles hier neu entstehen lassen, doch in dem Moment, als er sie dort gesehen hat, hat sie erkannt, dass er noch lange nicht darüber hinweg ist. Wie sollte er auch?

Sein Blick auf ihr, als sie am Grab seiner Frau stand, hat alles gesagt, und Alma flucht leise, bevor sie zurück zu ihrem Truck geht und losfährt. Er ist nicht in der Lage, sein Herz zu öffnen, nicht nach alldem, was er erlebt hat.

Sie weiß nicht, was sie sich eingebildet hat, zwischen ihnen zu spüren, doch vielleicht war es mehr Wunschdenken als alles andere. Bilder von ihrer Nacht auf dem Dach ihres neuen Hauses kommen ihr vor das innere Auge. Wie er sie geliebt hat, seine Küsse, seine zärtlichen Berührungen, wie weich und liebevoll sein Blick über sie geglitten ist … Es war so leicht, daran zu glauben.

Während sie zum Ausgang des Gebietes fährt, sieht sie, dass die Brände das Lager, den Wald und die Plantage mit der Fabrik getroffen haben. Sie weiß nicht einmal, ob sie es geschafft haben, irgendetwas davon zu retten. Die Straßen sind leer, die Männer waren bis zum Morgen im Einsatz. Nun ist kaum mehr jemand auf der Straße, doch Alma ist sich sicher, dass es nicht lange dauern wird, und diejenigen, die das hier getan haben, werden dafür zur Verantwortung gezogen. Das hat sie klar und deutlich in Thiagos wütenden Augen gesehen.

An den Wachhäusern bemerkt sie einige Männer mehr als sonst. Sie stehen zusammen, und man sieht ihnen die harte Nacht an, und in ihren Augen die gleiche Wut aufblitzen, wie sie sie auch bei Thiago erkannt hat. Sie heben die Hände zum Gruß, als Alma das Gebiet verlässt. Einen Moment denkt sie darüber nach, zu den Plantagen zu fahren und nachzusehen, wie es dort aussieht, doch sie gibt Gas. All das geht sie nichts mehr an. Ging es das jemals? Nicht wirklich. Sie ignoriert die Polizei, die einen Wagen abschleppt, und fährt in die Stadt.

Um nicht an ihren Gedanken zu ersticken, schaltet sie das Radio an, in dem ein Lied gespielt wird, was zurzeit überall hoch und runter läuft:

100 AÑOS.

Sobald sie die Zeilen hört, hält sie den Wagen am Straßenrand an und lässt die Tränen zu, die sich in ihr gesammelt haben. Sie schlägt enttäuscht auf ihr Lenkrad.

»Verdammt!«

Aunque digan que no hay mal que duró más de cien años
No quisiera ser el primer idiota en comprobarlo
Un amor como el nuestro sabes que no se ve a diario
Un amor como el nuestro vale la pena salvarlo ... [1]

Sie hat sich in den letzten Monaten geschworen, dass sie sich nie wieder so Hals über Kopf auf jemanden einlässt und erst recht nicht in ihr Herz lässt. Die Erkenntnis, dass Thiago gar nicht in der Lage ist, ihr etwas von dem zu geben, worauf sie gehofft hat, trifft sie mehr, als sie es jemals für möglich gehalten hätte.

Es dauert einige Zeit, bis Alma sich beruhigt hat. Sie wischt sich enttäuscht die Tränen weg und weiß, dass das ihre eigene Schuld ist. Sie hätte es besser wissen müssen. Nun wird sie mit diesem Schmerz in ihrem Herzen klarkommen müssen und kann nur hoffen, dass er sich bald legen wird und sie für ihre Zukunft daraus lernt.

Sie startet den Motor wieder. Je weiter sie sich von dem Gebiet der Fuegos entfernt, desto fester nimmt sie sich vor, all das hinter sich zu lassen.

[1] Zitat aus dem Song '100 AÑOS' von Carlos Rivera & Maluma

Kapitel 2

»Ich weiß, dass alle mehr Schlaf gebraucht hätten, doch es geht nicht anders.«

Es ist gerade mal Mittag, sie haben alle nicht mehr als ein paar Stunden Schlaf bekommen. Noch immer riecht man überall verbrannte Erde, ein Geruch, den Thiago niemals vergessen wird. Er selbst hat kaum schlafen können, nachdem er all den Dreck, Ruß und Rauch der vergangenen Stunden von sich gewaschen hat. Die Wut und die enttäuschten Augen Almas haben ihn nicht einschlafen lassen.

Er sieht in die müden Gesichter seiner Männer, die ihn allerdings trotz der harten letzten Stunden entschlossen ansehen. »Wir haben zwei Flieger und fliegen mit 35 Männern runter. Der Rest bleibt hier. Es sind bereits neue Männer in dem Haus in der Stadt, die eingearbeitet werden. Ihr werdet euch, solange wir weg sind, darum kümmern. Wir bauen die Fabrik neu auf und bestellen noch mehr Cannabis-Pflanzen. Das Ganze hat uns nur um einige Tage zurückgeworfen, für die anderen hingegen wird es ihr Untergang sein. Sie rechnen mit einem Angriff in wenigen Tagen, aber wir greifen morgen an. Die Aquillas verbreiten das Gerücht, sie hätten gehört, dass ein Vergeltungsschlag für nächsten Montag geplant ist. Doch selbst wenn sich das Gerücht nicht schnell genug herumspricht, spielt das keine Rolle. Wir werden angreifen, ob sie damit rechnen oder nicht. Wir zeigen keinerlei Erbarmen. Habt ihr verstanden?«

Er sieht jedem Mann einzeln in die Augen. »Niemand wird verschont. Bevor sich irgendjemand noch einmal an uns herantraut, soll er an diesen Vergeltungsschlag denken. Loris und Elam bleiben hier, machen die neuen Bestellungen und bereiten alles für El Salvador vor, unsere nächste Station.« Er deutet auf drei der

Exsoldaten. »Ihr übernehmt die neuen Männer, überprüft sie, trainiert und fordert sie. Die übrigen helfen, alles wieder aufzubauen und zu sichern. Bevor wir weiter nach El Salvador fliegen, werdet ihr ausgetauscht, sodass alle zum Einsatz kommen. Esst etwas und packt nur das Nötigste zusammen. Wir fahren in einer Stunde los. Saul weist euch jetzt ein. Er kennt Chile durch einige Geheimaufträge damals am besten und hat schon einen Plan erstellt.« Saul steht auf und übernimmt.

Thiago spürt die Blicke seiner Cousins und Brüder auf sich. Ihm ist bewusst, dass er aussieht, als würde er jeden einzelnen ihrer Feinde mit den bloßen Händen zerquetschen wollen. Genau so fühlt er sich. Er will einen Racheakt, den niemand vergessen wird, deswegen ignoriert er die besorgten Blicke der anderen.

Malik wechselt den Platz mit Elam und setzt sich zu ihm. »Ich weiß noch nicht, welche Männer du zurücklassen willst, doch ich kenne dich. Du darfst mich jetzt nicht als deinen kleinen Bruder sehen. Ich will das alles genauso rächen wie du, im Namen meiner Familia.«

Auch wenn Thiago nicht danach zumute ist, muss er schmunzeln. »Das hat nicht nur etwas damit etwas zu tun, dass du mein kleiner Bruder bist. Du bist noch nicht hundertprozentig fit nach deiner ...«

Malik unterbricht ihn. »Ich trage den Namen Fuego tiefer in mir als alle anderen hier, ich werde mit dabei sein!« Thiago sieht seinem kleinen Bruder in die Augen. Er weiß, dass dort nicht mehr der wilde Malik sitzt, der jeden Morgen seine Arme um Thiagos Hals geschlungen hat und sich von ihm auf dem Rücken hat umhertragen lassen. Er ist ein Mann geworden, und er hat recht, Thiago muss das respektieren, deswegen seufzt er leise aus und nickt. »Geh packen!« Er wird ihn in seiner Nähe behalten.

Während seine Männer noch Sauls Ausführungen in Bezug auf die Planung lauschen und sich von Levi und ihm alles erklären lassen, steht Thiago auf, nimmt sich die Packung Zigaretten von

Esau und geht in den Garten hinaus, von dem aus er auf das Meer blicken kann.

»Alles klar, Fuego?« Dallas stellt sich zu ihm und zündet sich ebenfalls eine Zigarette an.

»Nein, nichts ist klar. Nicht, solange Bexter und Martinez noch atmen.« Dallas lacht leise auf. »So wie ich dich kenne, werden sie das nicht mehr lange ...« Er wird ernster. »Aber ich meine nicht das. Ich meine ... das mit dem Feuer und Alma.«

Sofort erscheinen Almas schöne Mandelaugen vor seinem inneren Auge, die ihn enttäuscht und voller Tränen anblicken. Thiago zieht an der Zigarette und blickt aufs Meer. »Das gestern war etwas anderes, falls du darauf hinauswillst. Doch du weißt selbst, dass sie hier nicht leben sollten.« Er spürt den Blick seines langjährigen Freundes auf sich, erwidert ihn aber nicht, er weiß, dass Dallas sonst sehen würde, wie schwer es ihm fällt, Alma gehen zu lassen.

»Ich weiß, dass das gestern Erinnerungen an damals wieder aufkommen lassen hat, doch sie haben nur Materielles zerstört. Wir haben niemanden verloren. Alma hat nicht verstanden, wieso du so ausgerastet bist.«

Thiago schnippt die Zigarette weg. »Jetzt weiß sie es, und es ist gut so, wenn sie es abschreckt. Sie an Rosas Grab zu sehen, war merkwürdig.«

Im Hintergrund wird es lauter. Die Männer machen sich auf den Weg zu ihren Häusern.

»Wahrscheinlich, weil sie dir nicht egal ist. Denk noch einmal darüber nach.« Er wartet keine Antwort ab, Dallas ahnt, dass er keine erhalten wird. »Und auch wenn ich die gleiche Rache wie du fordere, behalte im Hinterkopf: Beim Angriff auf unsere Frauen haben sie uns zerstört, das hier war nur ein kleines Feuer, was wir schnell wieder gelöscht haben.«

Esau kommt zu ihnen und legt um jeden von ihnen je einen Arm. »Und wir werden die Sache jetzt ein für alle Mal klären. Seid ihr bereit? Ich schmeiße uns noch ein paar Eier in die Pfanne.«

Dankbar für den Themenwechsel stimmt Thiago zu, auch wenn ihm klar ist, dass Dallas nicht so schnell locker lassen wird. Das Feuer hat ihn tatsächlich einige Minuten in den Albtraum zurückgeworfen, den sie vor nunmehr über zwei Jahren vorgefunden haben, doch er hatte sich schnell wieder im Griff. Dass Alma ihm nicht so egal ist, wie es wahrscheinlich besser wäre, ist Thiago bewusst, doch es ändert nichts daran, dass sie sich besser von ihm fernhält. Zu ihrer eigenen Sicherheit.

Als sie keine Stunde später mit acht Autos das Gelände verlassen und durch die Stadt zum Flughafen fahren, wenden sich alle Blicke zu ihnen um. Die Bewohner werden wissen, was es zu bedeuten hat, dass sie so geschlossen ihr Gelände verlassen. Als sie von Weitem Almas neuen Laden sehen, wendet Thiago seinen Blick ab und sieht nach vorne. Er muss sich auf das konzentrieren, was im Moment wichtig ist.

Die beiden Flugzeuge stehen bereit, und sie verteilen sich. In jeden Jet steigen je 18 Männer ein. Da sie die großen Jets haben, ist genügend Platz vorhanden. Einige ziehen sich gleich an die Spielkonsolen zurück, um noch etwas zu entspannen.

Thiago bespricht mit Saul, wie es weitergehen wird, sobald sie in Mendoza in Argentinien angekommen sind, von wo aus sie nach Santiago de Chile fahren werden. Sie haben sieben Stunden Flugzeit vor sich, und als Thiago sich zurückzieht und sich neben Malik auf eines der Betten legt, ist er froh, dass sie noch immer keine Internetverbindung im Flieger haben. So kann er gar nicht erst auf die Idee kommen, sich bei Alma zu melden.

Dieses Mal fällt es ihm leicht, einzuschlafen, und als er nach fünf Stunden kurz wach wird, bemerkt er, dass fast alle Männer sich hingelegt haben. Sie liegen auf den Betten, schlafen im Sitzen auf den bequemen Sesseln, und auch er schließt noch einmal die Augen. Es ist gut so, denn er weiß nicht, wann sie das nächste Mal zur Ruhe kommen werden.

Eine halbe Stunde vor der Landung ruft er alle zusammen. Sie überprüfen ihre Waffen, essen und trinken noch etwas, und als sie dann landen, warten bereits acht Geländewagen auf sie auf dem Rollfeld. Thiago steigt mit Saul, Malik und Aden in den vordersten Wagen.

Es ist noch mitten in der Nacht. Thiago hört die aufgeregte Nachricht von Jemina ab. Sie hat erst vor einer Stunde von dem Angriff erfahren, was bedeutet, der Angriff spricht sich nur langsam herum. Somit erwartet jetzt noch niemand diesen Vergeltungsschlag.

Er schickt ihr eine Nachricht zurück, dass es allen gut geht und nur ein paar materielle Dinge zerstört wurden. Er will nicht, dass sie sich Sorgen macht.

Saul meidet die offiziellen Grenzübergänge und lotst sie stattdessen durch abgelegene Dörfer und Landstraßen zu einer stillgelegten Grenzstation. Dort stehen nur ein paar Dorfbewohner, denen sie einige Dollar in die Hand drücken. Daraufhin rollen sie den großen Baumstamm beiseite, der als Grenzbefestigung dient. Eine klassische Schmugglerroute.

Thiago prägt sich den Weg nach Santiago de Chile ein. Sie folgen zunächst einer Schnellstraße, bis sie kurz vor der Stadt wieder auf die Landstraße wechseln. Sie sind seit knapp fünf Stunden unterwegs und haben zwischendrin nur einmal gehalten, um zu tanken.

Aden und Malik gönnen sich noch etwas Schlaf, während Saul Thiago von seinen geheimen Aufträgen hier in Chile erzählt und erklärt, wieso er so viele geheime Wege kennt. Die Einheit von Saul hat selten offiziell mitgewirkt. Sie haben die geheimen Operationen durchgeführt. Es ist interessant, einen Einblick in das Leben des Präsidenten zu bekommen. In wenigen Wochen sind

Neuwahlen, und Thiago wird nicht zulassen, dass der neue Präsident noch einmal so viel Macht bekommt.

Am frühen Morgen teilen sie sich auf. Eine Hälfte der Männer, unter der Leitung von Esau, Aden und Malik, fahren zu Martinez. Der Rest hält in der Nähe von Bexters Haus. Thiago will sich selbst um Bexter kümmern, denn er weiß, dass er der Kopf hinter dem Angriff war. Martinez würde sich das alleine nicht trauen.

Durch Satellitenaufnahmen haben sie herausgefunden, dass Bexters Grundstück zwei Eingänge hat. Wie vorher im Flugzeug besprochen, verteilen sie sich, damit sich niemand durch den Hintereingang davonmachen kann. Thiago und seine Leute schleichen sich an das Wachhaus am vorderen Eingang heran. Dort stehen vier Männer Wache, und ohne ein einziges lautes Geräusch liegen sie zwei Sekunden später am Boden.

Sie durchwühlen ihre Taschen, suchen im Wachhaus nach der elektronischen Toröffnung und werden fündig.

Das Gelände ist riesig und sie kommen von einer freien Fläche, deswegen versuchen sie, so lange es geht unbemerkt zu bleiben und sie schaffen es auch bis kurz vor dem Haupthaus, wo sie von zwei Wachen bemerkt werden, die sofort das Feuer auf sie eröffnen. Zum Glück stehen hier auf der Einfahrt überall Autos herum, die sie als Deckung benutzen. Sie können die beiden Wachen auch schnell außer Gefecht setzen, doch nun sind sie bemerkt worden und aus den Fenstern wird auf sie geschossen. Sie sind in der schlechteren Ausgangsposition, dennoch gelingt es ihnen, die Männer an den Fenstern in Schach zu halten.

Thiago reagiert schnell, als einem seiner Männer neben ihm in die Schulter geschossen wird. Er zieht sein Shirt aus und verbindet die Wunde damit, während Saul ihm Rückendeckung gibt. Keine zwei Sekunden später hört man noch mehr Schüsse. Es sind ihre eigenen Leute, die von der anderen Seite angreifen. Thiago ist solche Angriffe gewohnt, er kann nicht mehr zählen, wie oft er schon an solchen Einsätzen beteiligt war, doch er spürt, dass auch wenn er sehr mechanisch und routiniert handelt, es dieses Mal anders ist. Weil all das hier unter seiner Führung, mit seiner Familia stattfindet.

Die Ablenkung von der anderen Seite ermöglicht es ihnen, die Männer an den Fenstern zu erschießen, und Thiago, Saul und zwei weitere Männer können ins Haus eindringen.

Sie treffen auf ihre Männer, die das untere Stockwerk schon gesichert haben. Drei Frauen, die sich dort aufgehalten haben, werden hinausgeschickt. Doch noch ehe sie das Haus verlassen können, wird eine von ihnen von einer Kugel getroffen, die aus dem oberen Stockwerk abgefeuert wurde. Mit einem Kopfschuss geht sie lautlos zu Boden.

Thiago flucht, und Saul und er laufen zu den Treppen, während ihre Männer ihnen Rückendeckung geben. Dort oben scheint es sehr viel mehr Wachen zu geben als gedacht. Zwei erwischen sie sofort, aber auch einer ihrer Männer wird getroffen. Es ist anstrengender, als Thiago es sich vorgestellt hatte. Bexter hat sich regelrecht verschanzt, und es dauert einige Zeit, bis sie es geschafft haben, den ersten Stock zu erobern.

Es wird ruhiger, die Schüsse verstummen nach und nach. Auch Thiagos Herzschlag beruhigt sich langsam, wenngleich er weiter wachsam ist und mit Saul eine Tür nach der anderen auftritt.

Hier oben liegen die Schlafzimmer, die alle ähnlich eingerichtet sind: mit dunklen Holzmöbeln und grellen Farben an den Wänden. In einigen Räumen liegen Männer, die an den Fenstern gestanden haben und getroffen wurden, in einem finden sie noch zwei Frauen, die sie nach unten schicken. Als sie am Ende des Ganges ankommen, hören sie ein lautes Lachen.

»Man hat mich davor gewarnt, mich mit den Fuegos anzulegen, doch ich dachte, ihr versteht das Prinzip: Auge um Auge, Zahn um Zahn.« Bexter tritt aus einem Raum vor sie auf den Flur. Sie trennen höchstens 20 Schritte. Er trägt nur eine Shorts und ein Unterhemd und hat eine zarte Frau in seinem Arm, nackt, die am ganzen

Körper zittert. Er benutzt sie als Schutzschild, indem er sie vor sich hält und ihr eine Waffe an den Kopf drückt.

Thiago sieht unbeeindruckt auf die Frau und den Engländer. »Wir spielen nicht nach deinen Regeln, Bexter. Das hatte ich dir gesagt, und daran hat sich auch nichts geändert.« Thiago ist klar, dass er sie so zum Zögern bringen will, das ist das, was den Unterschied ausmacht. Bexter ist nicht von hier, er wird ein paar Monate, vielleicht ein oder zwei Jahre in diesem Leben mitspielen, er hat keine Ahnung, wie dieses Leben auf Dauer ist und wie viel Erfahrung sie alle haben, dass sie so etwas nicht beeindruckt. Es gibt nichts, was Thiago noch zurückweichen lassen oder erschrecken könnte. Nichts, was er noch nicht gesehen hat, und diesen Vorteil, die Erfahrung und den klaren Kopf in solch einer Situation kann man durch nichts aufwiegen.

Bexter nimmt seine Zigarette aus dem Mund und drückt sie an der Frau aus, die laut aufschreit. »Ihr versteht das nicht. Ihr seid hergekommen und wolltet mir eure Regeln aufdrängen. Ihr habt nicht verstanden, dass ich hier das Sagen habe. Ich habe Chile übernommen. Alles hier, die Geschäfte, das Geld, die Frauen, die Polizei ... Das lasse ich mir nicht nehmen. Wir sind quitt, Fuego. Du hast meine Waffen ausgegraben und mitgenommen, ich habe dir etwas genommen. Du hast mir geschadet, ich dir, nun nimm deine Männer und verschwinde. Vielleicht ...«

Saul und Thiago halten beide weiterhin ihre Waffen auf Bexter gerichtet.

»Ich habe kein freies Schussfeld auf ihn.« Saul flüstert Thiago diese Worte zu, während Bexter noch denkt, er könne die Situation drehen.

»Du willst doch nicht, dass eure hübsche Landsfrau hier ...«

Thiago drückt ab. Die Frau schreit auf, als der Schuss an ihr vorbeigeht und Bexter hinter ihr zu Boden gleitet.

»Sehr zielsicher.« Saul hebt anerkennend die Augenbrauen und geht in eines der Schlafzimmer, um ein Laken für die Frau zu holen. Sie ist über und über mit Blut befleckt, doch es scheint nicht ihr eigenes zu sein. »Geh dir etwas zum Anziehen suchen, hast du starke Schmerzen?« Thiago sieht auf die vielen Wunden auf ihrem Körper, die nicht nur von heute zu stammen scheinen. Sie schüttelt den Kopf und zittert am ganzen Körper. »Nein, ich will hier nur weg.«

Thiago deutet den Männern, die hinter ihnen die Treppe heraufkommen, sich um die Frau zu kümmern. Es tut ihm leid, dass sie das miterleben musste, doch gleichzeitig weiß er auch nicht, was mit ihr passiert wäre, wenn sie nicht hergekommen wären und sie nun hier herausgeholt haben.

Er hat nicht viel Zeit, sich deswegen Gedanken zu machen. Sie dürfen nicht eine Sekunde unkonzentriert sein, es könnte sie das Leben kosten. Sie gehen die restlichen Zimmer durch. Überall im Haus knallt und kracht es. Thiago weiß, dass seine Männer alles auseinandernehmen, um Geld und Waffen zu finden und dieses Haus anschließend zu zerstören. Den vermuteten Lagerraum entdecken sie nicht. Es gibt hier nichts außer einem Safe in einem begehbaren Kleiderschrank.

Sie rufen Samuel zu sich, der Beste, wenn es darum geht, Schlösser zu knacken. Er kümmert sich um den Tresor, während die übrigen Männer alles zerstören, was noch vorhanden ist.

Kurz danach kommen ihre Männer mit Martinez zu ihnen, den sie Thiago leblos vor die Füße legen. »Keiner von seinen Männern atmet noch. Wir haben 25.000 Dollar in bar und zwei Taschen mit Drogen gefunden, sonst war nichts im Haus.«

Thiago umarmt seine Männer, einen nach dem anderen, erleichtert, Rache genommen zu haben. Er drückt besonders Malik fest an sich. Sie haben schnell, hart und ohne Gnade zurückgeschlagen. Niemand wird sich noch einmal mit den Fuegos anlegen. Diese Rache wird noch lange nachhallen.

Nachdem sie den Safe geknackt haben, in dem sich 100.000 Dollar befinden, atmet Thiago tief durch. »Von diesem Geld werden die neuen Pflanzen gekauft und die Fabrik neu gebaut. Genau von diesem Geld!«

Sie inspizieren das Grundstück und schmieden Pläne, beschließen, alles abzureißen und ihr eigenes Gebiet hier zu errichten, von dem aus sie Chile übernehmen werden. Von hier aus werden sie ihre Macht über Chile ausbauen. Sie schalten mit einem Videoanruf Elam und Loris dazu und besprechen, wie sie das am besten angehen.

Dann waschen sie sich und essen. Als einige Polizeiautos angerast kommen, die wahrscheinlich noch von Bexter alarmiert wurden, überlässt Thiago es Dallas, ihnen klarzumachen, dass hier ab heute neue Regeln gelten. Seine Männer feiern diesen Sieg, und Thiago nimmt sich einen Moment für sich.

Er zieht sich in eines der Badezimmer zurück und wäscht sich all das Blut vom Körper. Anschließend betrachtet er sich im Spiegel. Er hat sich gerächt, doch er fühlt sich trotzdem nicht besser. Das erstickende Gefühl, das durch den Angriff auf ihr Gebiet ausgelöst worden ist, ist verschwunden. Die Unruhe fühlt Thiago aber immer noch, und er begreift, dass es viel mehr braucht, um all das, was in ihm brodelt, abkühlen zu lassen.

Thiago atmet ein paar Mal tief ein und aus, dann flucht er und verlässt das Bad. In den Schlafzimmern sucht er nach einem Shirt. In einem der Schränke hängen mehrere einfache weiße Shirts. Er nimmt alle mit, als er nach unten geht. Seine Männer können sicher auch frische Shirts gebrauchen.

In diesem Moment ertönt der Ruf, dass Autos sich dem Gelände nähern.

Er geht vor die Tür, wo drei Autos halten, die durch das offene Tor auf das Grundstück gefahren sind. Er deutet seinen Männern, die Waffen zu senken, als er erkennt, um wen es sich handelt.

Gleich darauf steigt der grinsende Anführer der Aquillas aus dem vordersten Wagen und nickt ihnen respektvoll zu.

»Schnell und gründlich. Das wird sich rumsprechen. Ich bezweifle, dass sich hiernach noch jemals jemand so schnell freiwillig mit euch anlegen wird. Nun möchten wir euch unsere Loyalität beweisen und euch etwas zeigen.«

Kapitel 3

Thiago gibt seinen Männern die Anweisung, in die Autos zu steigen und den Aquillas zu folgen. Er mag die beiden Brüder und ihre Familia. Sie haben sich bisher sehr loyal verhalten, sodass sie für ihn als Partner infrage kommen. Sie kämpfen für das, was sie wollen, und regieren mit Macht, nicht mit dem Geld von anderen.

Sie fahren nicht weit. Schon nach zehn Minuten halten sie vor einer alten Bunkeranlage, vor der vier Männer stehen und ihre Waffen auf sie richten, sobald sie halten.

Thiago kommt nicht einmal dazu, zu reagieren. Das erledigen Malik und die Aquillas.

Saul sieht zu Thiago, als alle nach und nach die Autos verlassen. »Denkst du, man kann ihnen trauen?«

Thiago zuckt die Schultern und sieht zu den beiden Brüdern und Anführern der Aquillas. »Sie haben sich von Anfang an hinter uns gestellt und kein Geheimnis daraus gemacht, dass sie lieber unter uns als unter Bexter oder Martinez stehen würden. Von ihnen stammt auch der Tipp mit El Salvador. Das hätten sie nicht tun müssen, sondern sich die Waffen auch selbst unter den Nagel reißen können. Ich würde ihnen nicht mein Leben anvertrauen, doch ich denke, wir können es wagen, sie als Geschäftspartner in Betracht zu ziehen. Lass uns sehen, was sie uns zeigen wollen. Oder hat einer von euch ein ungutes Gefühl?«

Dallas hinter ihm schnalzt mit der Zunge und sieht wie Saul nach draußen, wo sich alle Männer versammeln und die am Boden liegenden Wachmänner nach den Schlüsseln des Tores absuchen. »Es wird uns, nach allem, was war, nicht leichtfallen, überhaupt jemandem zu trauen. Außer vielleicht den Da Silvas. Doch wenn wir vorankommen wollen, müssen wir das tun. Ein allzu hohes Risiko sehe ich hier nicht.«

Saul nickt zustimmend, und Thiago sieht auf sein Handy. Loris hat ihm Daten eines Hotelkomplexes geschickt, wo sie für eine Nacht unterkommen, um Kraft zu tanken. Die Aussicht auf eine heiße Dusche, etwas Richtiges zu essen und ein weiches Bett klingt himmlisch. Er steckt sein Handy ein und steigt aus. »Dann lasst uns mal sehen, worum es hier geht.«

Als sie zum Rest der Gruppe stoßen, ist das Tor bereits offen.

»Ich weiß nicht, wo genau, aber das sollte das Hauptlager von Bexter und Martinez sein«, erklärt einer der beiden Anführer der Aquillas. »Es soll irgendwann so voll gewesen sein, dass sie auch einiges nach El Salvador gebracht haben, doch es müsste noch genug vorhanden sein.«

Esau ist schon dabei, die Männer aufzuteilen, das Gelände geht weiter nach hinten, doch direkt am Eingang geht ein weiterer Eingang zu einem alten Bunker, zumindest sieht es so aus. »Mal sehen, was noch übrig ist.« Thiago begrüßt die beiden Anführer der Aquillas noch einmal richtig und läuft mit ihnen in die Gänge.

Sie brauchen nicht weit in die unterirdischen Gänge vorzudringen. Schon bald stoßen sie auf Regale voller Kisten mit Waffen, Munition und Pakete mit Drogen, dazu noch einige Stapel Dokumente. Hier liegen Waren von mehreren Millionen Dollar.

Die Aquillas telefonieren und sagen ihnen, dass ihre Männer mit Transportern unterwegs zu ihnen sind. Damit können sie alles zu ihren Flugzeugen bringen.

Thiago sieht sich die Ware an und denkt einige Minuten nach, bevor er sich an die Männer wendet. »Ich schicke einige Männer mit der Ware zurück nach Honduras. Für El Salvador brauchen wir nicht so viele Männer, und ein paar lasse ich hier, um alles in den Griff zu bekommen.«

Er wendet sich an die Aquillas und deutet auf die Drogen. »Die könnt ihr mitnehmen. Wir wissen eure Loyalität zu schätzen. Sobald die Ware verladen ist, fahren wir ins Hotel und besprechen uns. Es wäre gut, wenn ihr später vorbeikommt. Wir werden entscheiden, wie es mit Chile weitergeht, und ihr könnt einen großen Teil dazu beitragen.«

Im selben Moment hören sie auch schon die Transporter vorfahren, und die Anführer der Aquillas nicken. »Wir werden da sein.«

Zwei Stunden später kommen sie in dem Hotelkomplex an, der aus vielen kleinen Häusern am Meer besteht. Loris hat sechs davon für sie gemietet. Da sie zusammen essen wollen, werden viele Tische auf einer der großen Veranden zusammengestellt. Kurz darauf werden Reispfannen mit Hühnchen und Fisch serviert.

Das ist es, was einer Familia das Besondere gibt. Sie kämpfen zusammen, werden verwundet, würden für die anderen sterben, teilen ihr Essen miteinander, feiern die Erfolge und sitzen wie Brüder um den Tisch herum und genießen die gemeinsame Zeit.

Vier ihrer Männer sind verletzt, weshalb sich ein Arzt um sie kümmert. Thiago hat zehn Männer mit den erbeuteten Waffen zurück nach Honduras geschickt. Somit wären ihre Lager erst einmal gefüllt, sobald sie neu errichtet sind. Elam hat ihm bereits geschrieben, dass sie morgen mit dem Neubau beginnen werden und auch mit einer hohen Mauer durch den Wald.

Nun sind es noch 26 Männer rund um den Tisch, alle sind erschöpft, doch auch erleichtert darüber, dass die Dinge sich wieder zum Guten gewendet haben.

Nach dem Essen ziehen sich alle zurück, um sich von den Geschehnissen des Tages auszuruhen. Sie werden am Abend noch etwas feiern. Thiago teilt sich das Haus mit Esau, Malik, Dallas und Isam. Nach einer Dusche legt er sich auf sein Bett, und keine

Minute später fällt er in einen tiefen Schlaf. Erst als es an seiner Tür klopft, wird er wieder wach.

Sein Bruder steckt den Kopf zu ihm ins Zimmer und grinst. »Elam hat uns allen eine Überraschung zukommen lassen, du bist dran.«

Thiago steht auf und streckt seine müden Knochen. Irgendwo im Haus ertönt Musik. Nur in Boxershorts geht er nach unten und sieht, dass Elams Überraschung aus einer Masseurin besteht.

Esau räumt seine Liege, neben der eine ältere, kräftige Frau steht. »Sie schiebt all deine Knochen wieder dahin, wo sie hinsollten. Leg dich hin«, fordert Esau ihn auf, und die Frau lächelt.

Thiago hat keine Lust darauf, doch um nicht unhöflich zu sein, legt er sich auf die Liege und spürt keine Sekunde später erst ein warmes Öl auf seinen Oberkörper fließen und dann erfahrene Hände.

»Sie sind sehr verspannt.«

Thiago lacht leise und schließt die Augen. »Ich habe viel Verantwortung.«

Die Frau gibt sich viel Mühe, und als Thiago nach 15 Minuten von der Liege aufsteht, fühlt er sich entspannt, erholt und kann seine Gedanken wieder ordnen.

Er isst etwas. Langsam wird es Abend, und bevor die Aquillas ankommen, will er wissen, wie sie jetzt weiter verfahren. Er lässt Saul, Dallas, Isam, Mikail und Aden zu sich ins Wohnzimmer kommen, und sie rufen von einem der Laptops Loris und Elam an, die gerade in Honduras im Gemeinschaftshaus sitzen und über neuen Plänen brüten.

Sie erzählen in Ruhe, was alles passiert ist. Die Männer mit den Waffen landen bald und Elam hat schon eine Firma gefunden, die er damit beauftragen wird, mit dem Umbau des Gebietes von Bexter zu beginnen. Sie beschließen, acht Männer hierzulassen, um den Markt in Chile in ihre Gewalt zu bekommen, am besten mit den Aquillas an ihrer Seite. Sie müssen sich um die Familias kümmern und auch um die Polizei, doch allzu schwer sollte das nicht sein. Nicht nachdem sie heute schon hier aufgeräumt haben. Erst einmal sollen sie hier im Hotel bleiben, bis ihr Gelände fertig ist, auch dort wird ein Lager gebaut. Der Plan ist, Chile unter ihre Kontrolle zu bekommen. Sie wollen hier selbst gar nicht tätig sein, er braucht ihre Männer in Honduras, doch bis wirklich alles läuft, müssen sich hier mehrere darum kümmern. Sobald sie hier alles unter Kontrolle haben, sollen nur noch zwei, drei von ihnen zurückbleiben.

Adan meldet sich freiwillig. Ihm gefällt es hier, und er hat auch Lust, mit den Aquillas zu arbeiten.

»Ich bleibe auch hier, zusammen mit Isam«, schließt Malik sich an.

Thiago sieht selbst über den Bildschirm, wie sich Elams Gesichtsausdruck verändert, als sich ihr kleiner Bruder freiwillig meldet, hier in Chile zu bleiben. Doch Malik hat recht, er ist kein Kind mehr, und sie müssen ihm mehr Verantwortung geben.

»Okay, dann sucht euch fünf Männer aus und regelt all das hier unten.« Er sieht Malik einen Moment in die Augen und wendet sich dann wieder dem Bildschirm zu. »Was ist mit El Salvador? Habt ihr noch etwas herausbekommen, was wir wissen müssen?«, fragt Thiago.

Loris schüttelt den Kopf. »Es ist wie ein verschlungener Dschungel, man bekommt kaum etwas heraus. Ihr werdet euch all das selbst ansehen müssen, es gibt keine andere Möglichkeit.«

Thiago nickt und sieht zu Saul und Dallas. »Das machen wir morgen, heute geht es erst einmal nur um Chile.«

Sie besprechen noch einige andere Themen, und als sie sich schließlich voneinander verabschieden, raucht Thiagos Kopf erneut.

Die übrigen Männer sind am Meer, es ist bereits dunkel und es wird gegrillt. Thiago sieht nach den verletzten Männern, aber sie sind weitestgehend in Ordnung. Zwei von ihnen werden auch hier in Chile bleiben.

Er setzt sich an eines der Feuer am Strand, und ihm wird ein kaltes Bier gereicht. »Dann sehen wir mal, was der Abend noch so bringt.«

Thiago genießt die Zeit mit seinen Männern, sie lachen, essen, trinken und rauchen, und erst als Dallas mit den Aquillas zusammen an den Strand kommt, horchen sie auf. Neben den Anführern und fünf weiteren Männern sind sechs Frauen dabei. „Wir haben euch ein paar Schätze Chiles mitgebracht."

Thiagos Männer sind begeistert, denn die Schönheiten, die die Aquillas mitgebracht haben, stellen die Frauen, die sie bisher hier im Hotel getroffen haben, in den Schatten.

Die beiden Anführer gesellen sich zu Thiago. Es sind zwei Brüder, José und Raul, doch er hat sehr schnell gemerkt, dass Raul das Sagen hat. Er reicht beiden ein Bier, und ihnen werden Fisch und Fleisch vom Grill angeboten.

Thiago lehnt sich zurück und lässt die beiden erst einmal ankommen. Dallas, Esau und Saul sind bei ihnen, und Esau bringt alle mit seiner lockeren Art zum Lachen. Es dauert nicht lange und er hat zwei Männer der Aquillas zum Kartenspielen herausgefordert und sie ziehen sich auf eine Veranda mit Tisch zurück. Auch José folgt ihnen, während Thiago, Saul und Raul mit ein paar wenigen Männern zurückbleiben.

»Mir gefällt es, wenn sich unsere Männer vermischen.« Raul hebt die Flasche und sieht Thiago in die Augen. »Als wir damals auf eure Familia gestoßen sind, war es mehr Zufall als alles andere. Doch ich bin sehr froh darüber. Ihr habt von Anfang an bewiesen, dass ihr loyal seid und man euch trauen kann. Ich kann mich noch an deinen Satz erinnern, dass ihr lieber unter uns oder den Da Silvas arbeitet als unter Bexter und Martinez. Das haben wir nun schneller erfüllt als gedacht.« Raul lacht, und auch Thiago muss grinsen.

»Wir haben Honduras. Wir wollen Chile nicht zu unserem Land machen, doch wir werden die Hand über Chile haben und kontrollieren, was hier passiert. Natürlich bekommen wir das auch allein hin, doch es wäre praktisch, hier unten eine Familia zu haben, die sich um alles kümmert und für uns die Augen aufhält. Die mit uns zusammenarbeitet.«

Raul nickt zufrieden. »Wir haben unsere Leute lange genug mit den kleinen Deals über Wasser gehalten und mussten viel an Bexter und alle anderen abgeben, zumal unsere Städte immer wieder von der Polizei heimgesucht wurden. Wenn wir jetzt für euch arbeiten und wir genug haben, um gut zu leben und mit euch an Ansehen gewinnen zu können, sind wir mehr als zufrieden.«

Thiago sieht zu drei Frauen, die vor ihnen am Meer zu der Musik tanzen. Sie sind alle sehr hübsch, doch eine fällt ihm besonders ins Auge. Sie hat lange, dunkle Haare, eine goldbraune Haut und dunkle Mandelaugen und lächelt ihn schüchtern an.

Er lehnt sich zurück. »Das bekommt ihr. Wir haben Chile nicht übernommen, um allen anderen alles zu nehmen. Es werden immer Männer von uns hier sein, doch nur, um die Geschehnisse im Auge zu behalten. Die Gewinne werden zwischen unseren Familias gerecht aufgeteilt, ansonsten verdient keiner daran. Um die Polizei und alles andere kümmern sich unsere Männer. Das Wichtigste aber ist, dass ihr ehrlich und loyal seid und bleibt. Wenn euch etwas nicht mehr passt, kommt und sagt uns das, versucht niemals, uns hereinzulegen. Ihr habt ja gesehen, wie das endet.«

Raul lacht und stößt mit Thiago an. »Das werden wir nicht. Ihr könnt euch vom heutigen Tag an fest auf uns als eure Partner an eurer Seite verlassen.«

Thiago sieht ihm in die Augen. »Es gibt nichts Besseres, als unsere Partner zu sein, doch es gibt auch nichts Schlimmeres, als unsere Rache zu fürchten. Das muss man immer im Hinterkopf haben, und jetzt lasst uns den Abend genießen.«

Raul steht auf und pfeift einmal laut. »Ab heute herrschen die Fuegos und die Aquillas zusammen über Chile, lasst uns alle diesen denkwürdigen Tag genießen!«

Die Männer heben die Flaschen und klatschen, sie freuen sich und auch Thiago ist zufrieden mit ihrem Abkommen. Raul setzt sich wieder, und sie unterhalten sich über die anderen Familias in Chile, doch Thiago ist sich sicher, dass es mit ihnen keine Probleme geben wird.

Die ganze Zeit behält er die hübsche Frau im Auge. War sie am Anfang noch schüchtern, so legt sie das immer mehr ab. Ihre Bewegungen werden anmutiger, sie sucht seinen Augenkontakt, und als sie begreift, wer er ist, lächelt sie verführerisch.

Thiago beobachtet sie und weiß, als er ins Haus zurückgeht, um die Toilette aufzusuchen, dass sie ihm folgen wird. Als er das Badezimmer verlässt, blickt er ihr in die Augen. Sie lehnt an der Wand gegenüber und raucht einen Joint.

»Hallo, Fuego. Ich habe die ganze Zeit das Gefühl, du solltest dich entspannen, habe ich recht?« Geschmeidig drückt sie sich von der Wand ab und schlendert auf ihn zu. Sie zieht kräftig am Joint und legt ihre Lippen auf seine, um ihm den Rauch in den Mund zu blasen. »So ist es gut, entspann dich. Ein Mann wie du braucht etwas Spaß.«

Seine Hände umfassen sie, und er drängt sie an die Wand zurück. »Denkst du das? Und wie willst du das erreichen?« Als sie noch einmal ihre Lippen vereinen will, verhindert Thiago das und fährt stattdessen mit seinen Lippen ihren Hals entlang. Sie riecht nach Cannabis und teurem Parfüm.

Ihre Hände wandern zu seinem Reißverschluss. »Glaub mir, ich kann das sehr gut. Du wirst in der nächsten Stunde nichts anderes mehr im Kopf haben.«

28

Thiago atmet tief ein. Für einen Moment schließt er die Augen, und eine Welle der Enttäuschung durchfährt sein Inneres. So sehr er das hier auch will, er muss an Alma denken. Er sieht der Frau in die Augen, und ihm wird klar, warum er sie ausgesucht hat. Sie hat ein wenig Ähnlichkeit mit Alma, die Form der Augen, die Haare, die Hautfarbe. Doch umso enttäuschender ist es, als er spürt und schmeckt, dass sie es nicht ist. Er macht sich nur etwas vor.

»Alles in Ordnung? Gefällt dir das?« Ihre schmale Hand schlüpft in seine Hose, und Thiago versucht, Almas wunderschönes Gesicht, ihr süßes Lächeln und das Gefühl, was sie in ihm auslöst, beiseitezuschieben, doch es geht nicht.

Als Esau zur Toilette kommt, dankt er seinem Cousin innerlich für die Unterbrechung.

»Nehmt euch ein Zimmer, Mann. Thiago, zeig den Aquillas mal, wie man richtig Karten spielt.«

Die Frau lacht, und Thiago deutet ihr, zurück in den Garten zu gehen. »Du hast ihn gehört. Ich muss denen mal kurz zeigen, wie das richtig geht.«

Sie bleibt neben ihm. Vielleicht hat sie die Hoffnung, dass sie später darauf zurückkommen werden, doch Thiago weiß, dass er es nicht tun wird. Er will nicht noch einmal dieses Gefühl der Leere und der Kälte in seiner Brust spüren und an Almas enttäuschte Augen denken müssen.

Er schüttelt den Kopf über sich selbst und hofft, dass er sie bald vergessen kann.

Kapitel 4

»Ob sich das Gefühl, wenn man dieses Land betritt, jemals ändern wird?«

Dallas steigt neben Thiago aus dem Flugzeug, und sie sehen auf El Salvador. Es ist das Nachbarland von Honduras, und doch hat Thiago das Gefühl, dass hier alles anders ist. Es stößt ihn ab. Der Geruch, die Landschaft ... Es liegt Hass und ein tiefes Misstrauen über dem Land, und er weiß nicht, was er damit anfangen soll.

Die Nacht gestern war lang. Sie haben bis zum Morgen mit den Aquillas gefeiert und sind dann zurückgeflogen. Aden, Malik und Isam sind dort geblieben. Es hat Thiago nicht gefallen, seinen kleinen Bruder dort zurückzulassen, doch er weiß auch, dass es wichtig ist, ihm dieses Vertrauen und diese Verantwortung zu geben.

Mikail kommt nun ebenfalls neben ihn und streckt sich. »Auch wenn es uns schwerfällt, wir müssen die Lage neutral betrachten. Das Land ist winzig, doch undurchschaubar, und kaum einer hat eine Ahnung, was hier wirklich los ist. Wir müssen versuchen, hier einen Überblick zu bekommen, bevor wir es einnehmen.«

Um ehrlich zu sein, will Thiago das gar nicht. Er würde am liebsten auf der Stelle wieder ins Flugzeug steigen, El Salvador hinter sich lassen und nie wieder einen Fuß in dieses Land setzen. Aber er muss sich damit auseinandersetzen. Sonst wird es immer unberechenbar bleiben, und es können von dort solche Katastrophen über sie hineinbrechen wie in der Vergangenheit.

Sie haben Daria, die Schwester der Da Silva-Brüder, entführt, sie haben Raphaels Familia in Honduras angegriffen und alle getötet, die sie geliebt haben. Auch Jemina haben sie entführt, um dann Raphaels Wut auszunutzen, um ihn und die meisten ihrer damaligen Männer auf diesem Boden umzubringen.

In dieser Erde ist viel Blut versickert von den Menschen, die Thiago geliebt hat, doch er weiß, dass Mikail recht hat. Sie müssen einen klaren Kopf behalten, um dieses Land für immer unter ihre Kontrolle zu bekommen. Sie können das Risiko, dass sich hier ohne ihr Wissen wieder etwas zusammenbraut, nicht eingehen.

Thiago setzt seine Sonnenbrille auf und geht zu den parkenden Autos. Sie sind mit 18 Mann hergekommen und verteilen sich auf fünf Autos. Dieses Mal haben sie keine Unterkunft gebucht. Thiago wird nicht in diesem Land übernachten, und da es so klein ist, wird es auch gut ohne gehen.

Dallas, Thiago und Saul setzen sich mit einem weiteren Mann in das erste Auto. Mikail und Esau bleiben bei den anderen Männern in den anderen Autos. Es gibt ungeschriebene Gesetze auf solchen Reisen. Es werden sich niemals alle Anführer in ein Auto setzen, falls sie angegriffen werden.

Sie fahren zu der Stelle, an der die Guerillas damals ihre Männer getötet und Jemina festgehalten haben. Wo sie Bexters Waffen gefunden haben, der Ort, an dem sie am Ende immer wieder landen.

Als sie dieses Mal die Autos verlassen, fühlt sich Thiago schon besser. Alles ist abgebrannt und nichts erinnert mehr an die Machenschaften der Guerillas, zumindest auf den ersten Blick.

Sie verteilen sich und sehen sich gründlich um, doch außer zwei Jungen, die hier in den Wäldern spielen und aus den angrenzenden Dörfern stammen, treffen sie niemanden an.

Thiago drückt den Jungen ein paar Dollar in die Hand und fragt sie, ob in den letzten Tagen Leute hier gewesen seien oder sich etwas Neues in der Gegend getan habe. Die Jungen sagen, dass es hier sehr ruhig geworden sei. Ihre Eltern hätten ihnen früher immer verboten, herzukommen, weil es zu gefährlich wäre, doch mittlerweile dürften sie hier sein.

Offensichtlich ist hier nichts mehr passiert. Sie steigen zurück in die Autos. Bis nach San Salvador sind es nur zwanzig Minuten.

Man kann in drei Stunden das ganze Land durchqueren, und doch ist kein Land so undurchsichtig wie El Salvador. Es sind die vielen Wälder, die Vulkane, die vielen kleinen Dörfer und Gemeinden. Es tut gut, aus dem Land in die Stadt zu fahren. Hier können sie vielleicht etwas erreichen.

Loris hat ihnen die Adresse des Regierungssitzes zugesendet. Bevor sie davor halten, wendet sich Thiago noch einmal zu den anderen um.

»Ich glaube, dass allen, die damals jemanden verloren haben und dabei waren, als unsere Männer hier gestorben sind, die gleiche Wut im Magen liegt. Wir haben alles getan, um die Guerillas auszulöschen, und ich denke, dass wir das gut hinbekommen haben. Saul hat recht, wir müssen jetzt umdenken und dürfen uns nicht mehr von Wut leiten lassen. All das hat nichts mit El Salvador zu tun. Dieses Land ist nicht verflucht, und wir werden es unter Kontrolle bekommen. Es waren die Guerillas, und das hätte auch in jedem anderen Land passieren können. Also, lasst uns sehen, was der Präsident dazu zu sagen hat.«

Sie wollen nicht sofort auf Konfrontation gehen, deswegen lassen sie die Waffen stecken und kündigen sich bei den Wachleuten an. Saul weiß von damals, dass der Präsident El Salvadors ein fauler Kerl ist, den nichts außerhalb seines Palastes interessiert.

Ursprünglich hatten sie vor, mit dem Polizeipräsidenten zu sprechen, doch der ist letzte Woche erschossen worden, was noch einmal klarmacht, was hier für ein Chaos herrscht.

Die Türen summen, und die Wachleute halten ihnen das Tor auf. Drei weitere Männer mit halbautomatischen Gewehren erscheinen und bedeuten ihnen, ihnen zu folgen.

Von außen wirkt das Gebäude eher unscheinbar, doch von innen ist alles in Marmor gehalten. Es ist nur der Regierungssitz und nicht die Villa des Präsidenten, in der pures Gold an den Wänden zu finden sein soll.

»Hier entlang. Der Präsident erwartet Sie.«

Einer der Wachleute öffnet eine doppelseitige Holztür, hinter der sich ein großer Besprechungsraum befindet. An einem langen, massiven Holztisch sitzen vier ältere Männer und stehen auf, als Thiago, Esau, Dallas, Mikail und Saul eintreten.

In den Recherchen über El Salvador haben sie Bilder des Präsidenten gesehen. Sie erkennen den fülligen Mann mit den grauen, lockigen Haaren und dem Schnauzbart sofort, er ist es auch, der die Arme ausbreitet und ihnen entgegenlächelt, während die anderen Männer im Raum eher unsicher zu ihnen sehen.

»So hoher Besuch aus Honduras. Wir haben nicht mit Ihnen gerechnet, Fuego. Doch willkommen in El Salvador. Setzen Sie sich. Grana, bringst du Getränke?« Den letzten Satz ruft der Präsident nach hinten zu einem angrenzenden Raum.

Sie nehmen auf den roten Stühlen Platz, die um den Tisch herum verteilt sind. Hier im Raum hängen überall Bilder des Präsidenten mit anderen Staatsoberhäuptern. Thiago blickt auf das Bild, was ihn mit dem Präsidenten von Honduras zeigt.

»Ihre Bilder sind nicht mehr aktuell. Wir sind hier, um uns El Salvador genauer anzusehen. Wer sind diese Leute hier?« Thiago legt seine Waffe auf den Tisch und sieht zu den anderen Männern im Raum, die nun alle verwundert auf seine Pistole blicken. Auch der Präsident hält inne, als ihm klar wird, dass seine Wachleute es versäumt haben, die Besucher nach Waffen zu durchsuchen.

Dallas lacht, als er die Blicke der Männer bemerkt, doch der Präsident fängt sich wieder und lächelt erneut. »Das sind die Minister für Finanzen und meine Brüder, die auch mit im Kabinett sitzen.«

Thiago nickt. »Natürlich.«

Eine blonde Frau in einem engen Leopardenkleid betritt den Raum, in der Hand ein Tablett mit Wasser und Limonadenflaschen und einigen Gläsern.

»Das ist meine Frau Grana. Sie kümmert sich vor allem um die sozialen Projekte in unserem Land. Schatz, das sind die Fuegos aus Honduras.«

Die Frau stellt jedem von ihnen ein Glas hin und reicht jedem die Hand. Als Thiago an der Reihe ist, lächelt sie aufreizend. »Das habe ich mir fast gedacht, man erkennt die Macht sofort.«

Die Frau des Präsidenten ist sicherlich zwanzig Jahre jünger als ihr Mann. Man sieht ihr an, dass sie viel Geld in ihr Äußeres investiert, und als sie sich Thiago gegenübersetzt, bemerkt er schnell, dass sie versucht, Augenkontakt zu ihm aufzubauen. Doch dafür ist er nicht hier, er will all das so schnell wie möglich hinter sich bringen und wendet sich wieder an ihren Mann.

»Wir sind hier, weil wir in der Vergangenheit viele Probleme mit El Salvador hatten. Ich bezweifle, dass Sie dieses Land wirklich unter Kontrolle haben, also werden wir uns ab jetzt um El Salvador kümmern. Welche Rolle Sie dabei spielen, liegt in Ihrer Hand.«

Nun hebt der Präsident die Augenbrauen. »Was … Also, wie wollt ihr …? Ihr seid doch aus Honduras und …?«

Dallas lehnt sich zurück. »Das ist uns egal. Wenn El Salvador uns solche Probleme bereitet, übernehmen wir es. Aber vielleicht täuschen wir uns ja auch und ihr habt hier alles unter Kontrolle. Was ist mit den Guerillas? Sind noch welche aktiv? Welche Familias gibt es hier im Land? Welche ist die einflussreichste, und wo treffen wir die wichtigsten Männer? Was ist los in eurem Land?«

Ihnen allen ist klar, dass die Leute hier garantiert wissen, wie sie am besten Geld auf ihr Konto bringen können, aber nicht, was in ihrem Land vor sich geht.

»Die Guerillas gibt es nicht mehr. Es wird gesagt, dass sich die letzten von ihnen aufgesplittet haben, aber so genau weiß man das nicht. Und von größeren anderen Familias kann nicht die Rede sein«, behauptet der Präsident.

Thiago seufzt leise.

»Was genau habt ihr mit El Salvador vor? Werden die Fuegos jetzt ... hier leben?«

Mikail tippt gelangweilt etwas in sein Handy ein, auch Thiago hat genug und wendet sich noch einmal an die vier Männer. Sie verschwenden hier nur ihre Zeit. »Niemals. Doch was genau passieren wird, wissen wir noch nicht. Wir müssen uns erst einmal einen Überblick verschaffen.«

Er bedeutet den anderen, dass es Zeit zum Aufbrechen ist. Auch der Präsident und die anderen Männer erheben sich.

»Doch was auch immer wir dann tun werden, ihr solltet uns dabei nicht in die Quere kommen. Ich habe kein Problem damit, wenn ihr hier weiterhin lebt und tut, was immer ihr tut - aber kommt uns niemals in die Quere!« Mit diesen Worten verlassen sie das Büro und kehren zu ihren restlichen Männern zurück.

Mikail läuft neben Thiago und klopft ihm auf die Schulter. »Ich habe eine andere Idee, lasst uns fahren.« Sie gehen den Flur entlang zum Ausgang, dieses Mal werden sie nicht begleitet.

»Fuego.« Eine zarte Stimme ruft sie zurück, und Thiago blickt sich um. Es ist die Frau des Präsidenten. »Hier sind die wichtigsten Nummern. Ihr könnt auf unsere vollständige Kooperation zählen.« Sie reicht ihm mehrere Visitenkarten, wobei sie über seinen Handrücken streicht und ihn aus ihren braunen Augen ansieht. »Wo übernachtet ihr? Können wir ...?«

Thiago wendet sich um. »Wir bleiben nicht über Nacht. So schnell es geht sind wir hier wieder weg.«

Sobald sie das Gebäude verlassen, schlägt Esau ihm freundschaftlich auf den Rücken. »Was machst du bloß, dass die Frauen dir immer zu Füßen liegen?«

Saul neben ihm lacht. »Das ist die Macht, die er ausstrahlt.«

Dallas steigt ins Auto und zündet sich eine Zigarette an. »Oder das unwiderstehliche Grinsen. Wobei die meisten das nicht zu sehen bekommen.«

Nun muss auch Thiago lachen, auch wenn er nicht zufrieden ist. Sie stehen nicht besser da als vorher. Er weiß einfach nicht, wie er dieses Land anpacken kann, doch Mikail gibt schon eine Adresse ins Navi ein.

»Was hast du vor?« Thiago blickt zu seinem alten Freund.

Mikail sitzt am Steuer und gibt Gas. »Ich habe mich daran erinnert, dass es früher einen speziellen Zöllner gab. Wenn Raphael Informationen aus einem bestimmten Land haben wollte, hat er ihn beauftragt. Er findet alles heraus, selbst die verstecktesten Geheimnisse. Und das Schöne ist, er ist total neutral. Ihm geht es nur um Geld, er ist an keine Regierung, Familia oder sonst etwas gebunden. Ich weiß noch, dass er hier eine Wohnung hat, in der er lebt, wenn er nicht gerade in einem Land nach Geheimnissen sucht.«

Das hört sich doch gut an, genau so jemanden brauchen sie. »Wie heißt er?«, fragt Thiago.

Mikail lacht leise. »Sparrow, denn er sieht ein wenig wie dieser Pirat Jack Sparrow aus.«

Thiago zündet sich auch eine Zigarette an. »Mir egal, solange er tut, was wir möchten.«

Sie fahren in einen vornehmen Wohnkomplex, in dem die Preise sicher horrend sind. Als sie vor einem der hohen Häuser halten, entdecken sie ein Café, das sich im unteren Stockwerk befindet und in dem zwei Männer in Badehosen, Shirt und Latschen sitzen und Schach spielen. Es wird Musik gespielt und sie haben Drinks neben sich stehen. Als sie die Autos sehen, blicken sie zu ihnen und einer von ihnen breitet die Arme aus.

»Die Fuegos. Ich habe mir gedacht, dass wir uns bald begegnen.«

Die meisten ihrer Männer bleiben in den Autos sitzen, damit sie hier nicht noch mehr Aufmerksamkeit erregen, als sie es mit ihren fünf Geländewagen eh schon tun. Mikail, Dallas und Thiago steigen aus, begrüßen die beiden Männer und setzen sich zu ihnen.

»Das ist schön, dass du schon mit uns gerechnet hast, dann brauchen wir dir nicht zu erklären, worum es geht«, sagt Thiago.

Sparrow lässt ihnen Getränke bringen. Der Mann, mit dem er Schach gespielt hat, nimmt einen Anruf entgegen und geht in das Café. »Ich hatte schon vor Chile mit eurem Kontakt gerechnet, doch das habt ihr offenbar gut hinbekommen. Ich kann mir kaum vorstellen, dass ihr tatsächlich auch noch Interesse an El Salvador habt.« Der Mann scheint gut informiert zu sein.

»Doch, wir müssen dieses Land unter Kontrolle bekommen, und dafür wollen wir dich engagieren«, erklärt Mikail. »Fahre herum, finde heraus, welche Familias es hier gibt, wo sich noch Guerillas verstecken und wer hier wo etwas zu sagen hat.«

Sparrow sieht von Mikail zu Thiago. »Das wird nicht leicht. Bisher waren alle meine Aufträge immer im Ausland. Es ist leichter, ein Land wie Chile, was dreißigmal so groß wie El Salvador ist, unter Kontrolle zu bekommen als meine Heimat. Dieses Land ist … wie zerfressen. Jeder nagt an verschiedenen Seiten, es gibt keine Zusammenhänge, kaum Strukturen. Du denkst, du verfolgst eine Spur und landest vor drei neuen. Ich habe gehört, dass ein paar Guerillas überlebt und etwas Neues geplant haben, aber ich weiß es nicht genau, und es gibt ein oder zwei Familias, die wegen der Guerillas nie beachtet wurden, aber jetzt in die Lücke vorstoßen. Es brodelt einiges in El Salvador, doch ich habe mich nie genauer damit befasst. Keiner hat Interesse an unserem kleinen Land, und ich habe genug damit zu tun, alle anderen Länder im Auge zu behalten. Aber wenn ihr es möchtet, kann ich es mal gründlich auf den Kopf stellen, angefangen von ganz oben bis zum tiefsten Abgrund, doch das kostet euch etwas. Dafür habt ihr für diesen Auftrag meine Loyalität und bekommt alle Fakten. Danach bin ich wieder ungebunden, so arbeite ich. Das wird sicher ein paar Wochen dauern, und ich denke, mit 25.000 Dollar sind wir in einem Team.«

Genau so einen Gauner, der nur ans Geld denkt und dafür die tiefsten Leichen aus dem Keller zieht, hat Thiago gesucht. Er lässt eine der Taschen mit Bargeld, die sie aus Chile mitgebracht haben, aus dem Auto holen und sieht Sparrow in die Augen.

»Hier hast du 20.000. Wenn du mir alles lieferst und wirklich die letzte Ratte aus diesem Loch hier holst, sodass ich einen genauen Einblick in dieses Land habe, bekommst du noch einmal 10.000. Doch ich erwarte alle Informationen. Besonders, ob noch irgendjemand der Guerillas hier ist. Du hast freie Hand, und ich respektiere die Art, wie du arbeitest. Aber, Sparrow, wenn du so gut bist, weißt du, wer ich bin, und ich rate dir, mich nicht zu verarschen. Sonst werde ich dich finden!«

Nicht einmal drei Stunden später sitzt Thiago endlich wieder in seinem Wagen neben Elam, und sie fahren durch die Straßen von Honduras. Sie waren nur ein paar Tage weg, doch er fühlt sich viel besser als zu dem Zeitpunkt, zu dem sie losgeflogen sind. Chile ist unter Kontrolle, und auch für El Salvador scheinen sie einen Weg gefunden zu haben.

Er hat gerade mit Jemina gesprochen und ihr erzählt, was passiert ist. Sie ist nervös, doch er hat sie beruhigt. Er wird in ein paar Tagen nach Mexiko fliegen und dann zu ihnen nach Puerto Rico kommen, doch erst einmal braucht er eine Pause.

Sein Bruder hat sie abgeholt und erzählt während der Fahrt von den Fortschritten bei den Bauarbeiten und dass heute schon Waffenladungen nach Ecuador herausgegangen sind. Es gibt viele Kunden, die nach Waffen gefragt haben, weshalb sie dringend mit der Produktion anfangen müssen.

Auch Elam gefällt es nicht, dass Malik in Chile geblieben ist, und sie haben ihn angerufen. Er scheint alles im Griff zu haben und hat versprochen, sie auf dem Laufenden zu halten.

Thiago ist müde, er muss Schlaf nachholen. Danach wird er seine Reise nach Mexiko planen, sobald er sich versichert hat, dass hier alles gut läuft.

Als sie durch die Stadt fahren und an Almas neuem Laden vorbeifahren, sieht er, dass gefüllte Gemüsestände aufgebaut sind. Er würde gern wissen, ob sie und ihr Vater zurechtkommen, doch er weiß, dass es besser ist, wenn er sich von ihnen fernhält.

Genau in dem Moment, als sie vorbeifahren, wird im Radio das Lied gespielt:

100 AÑOS

No me digas que te vas hoy, por favor

Que me vas a destrozar el corazón

Si tú quieres que yo cambie yo haré lo que tú me pidas

Es de humanos cometer más de un error

Ay, ¿qué te cuesta regalarme tu perdón?

Te lo juro que no voy a soportar tu despedida[1]

Ihm liegt ein Fluch auf den Lippen, doch er unterdrückt ihn und schaltet das Radio aus. Elam neben ihm räuspert sich nur leise, ein wissendes Lächeln auf den Lippen.

---

[1] Zitat aus dem Song '100 AÑOS' von Carlos Rivera & Maluma

Thiago schaut seinem Gelände entgegen. Er weiß, dass er so schnell noch nicht zur Ruhe kommen wird, auch wenn er einfach nur ins Bett will. Erst muss er sich die Fortschritte auf den Baustellen ansehen und die anderen Männer treffen.

Elam möchte auch, dass Esau und er sich die neuen Männer ansehen, es sollen sehr gute dabei sein.

Sie halten nicht bei ihren Häusern, sondern weiter hinten, um schneller zu den abgebrannten Lagerhallen zu kommen.

Thiago sieht zu den Feldern, und sein Bruder folgt seinem Blick. »Alma war gestern hier und hat etwas abgeerntet. Ihr Vater kommt alle zwei Tage in der Frühe zum Fischen. Ich habe angeordnet, dass sie auf das Gelände dürfen. Alma hat aber schon vorne nachgefragt, ob du auch wirklich nicht da bist.« Elam lacht, und Thiago seufzt leise. Das mit Alma trifft ihn mehr, als er es gedacht hat, und er weiß, dass das nicht gut ist. Er muss ständig an sie denken und vergleicht jede Frau mit ihr. Das muss aufhören.

In dem Augenblick, als er über das Feld blickt, blitzt etwas in seinem Sichtfeld auf. Er geht hin und entdeckt Almas goldene Fußkette mit dem Kreuz. Er hebt sie auf und lässt sie durch seine Finger gleiten, bevor er sie in seine Hosentasche steckt und weitergeht.

»Na los, kümmern wir uns darum, dass hier alles wieder in Ordnung kommt.«

Kapitel 5

Almas schöne Mandelaugen blicken ihn panisch an. Er schlägt gegen die Scheibe, doch egal wie viel Kraft er einsetzt, er kommt nicht zu ihr. Um sie herum lodern die Flammen. »Alma, ich habe dir gesagt, dass du dich fernhalten sollst. Lauf! Verschwinde von hier, raus aus den Flammen!« Er schreit so laut, dass er das Gefühl hat, jede einzelne Ader in seinem Hals würde platzen. Dann treten Raphael und Rosa mit einem Baby im Arm zu Alma, und Thiago stockt. Raphael sieht ihm in die Augen. »Ich kann nur eine retten, Thiago, du musst dich entscheiden.«

Mit einem lauten Fluch wird Thiago wach. Er wischt sich müde über die Augen. Nicht einmal im Schlaf kommt er wirklich zur Ruhe.

Er greift nach seinem Handy, das auf dem Nachttisch liegt. Es ist Mittag, er hat über zehn Stunden geschlafen. Sein Körper holt sich das, was er braucht.

Er ist nun schon zwei Tage zurück in Honduras und hat sich um alles gekümmert, was noch zu erledigen war. Am Freitag wird er zu der Feier in Mexiko fliegen, zu der er eingeladen ist. Die Mexikaner feiern den Jahrestag der Familia, und er wird sich umhören, was dort los ist und was sie gegen die Da Silvas planen.

Er tippt auf die Nachrichten, die Alma und er sich in Puerto Rico geschrieben haben. Er klickt auf ihr Profilbild, was sie anscheinend geändert hat. Es zeigt nun das Dachfenster und den Nachthimmel mit Tausenden von Sternen. Einen Moment schwebt sein Daumen über der Tastatur. Er könnte sie wenigstens fragen, wie es ihr geht. Doch er legt das Handy wieder weg und steht auf.

Es würde nichts bringen. Es ändert nichts an der Situation, in der er ist, so gern er Alma hat und die Zeit mit ihr genossen hat. Er ist niemand, auf den sie bauen sollte.

Unter der Dusche versucht er, einen freien Kopf zu bekommen. Er muss gleich in die Stadt, einige Materialien für die Fabrik bestellen. Die Bauarbeiter wollten das machen, aber es wurde ihnen gesagt, dass die Ware, die im Laden vorrätig ist, für etwas anderes gedacht ist und sie drei bis vier Wochen warten müssen. Nun wird er selbst nachfragen, ob das nicht schneller geht.

Mit dem Handtuch um die Hüften tritt er in sein Schlafzimmer, aus dem Stimmen dringen. Die Haushaltshilfen sind da. Die Frau, mit der er ein wenig Spaß hatte, macht gerade sein Bett und unterhält sich lautstark mit einer anderen, die im Büro zu sein scheint. Da seine Räume alle gut abgedichtet sind und sie in ein Gespräch vertieft ist, scheinen die beiden gar nicht mitbekommen zu haben, dass er da ist. Sonst wären sie nicht einfach so nach oben gekommen. Sie wird die Dusche nicht gehört haben und sieht ihn nun verwundert an.

Thiago hatte sich geschworen, nichts mehr mit ihr anzufangen, da sie für ihn arbeitet. Doch als sie ihn jetzt mit hochgezogenen Augenbrauen anblickt und auf sein Handtuch starrt, spürt er, dass er ein wenig Ablenkung gut gebrauchen könnte. Sie antwortet ihrer Kollegin, blickt aber auf ihn, als er das Handtuch löst und ihr zeigt, was er möchte.

Wie schon die anderen Male zögert sie nicht und kommt auf ihn zu. Sie will mit einer Handbewegung die Tür anlehnen, doch Thiago hindert sie daran. Das Wissen, dass die andere Frau nichtsahnend nebenan ist, gefällt ihm. So geht sie vor ihm auf die Knie, und als sie ihn mit ihrem Mund gierig umfasst, presst er die Lippen zusammen, um leise zu sein.

Sie wird schneller und schneller, und er zieht sich erst zurück, als die Frau nebenan ihr eine Frage stellt. Die Haushaltshilfe ist schnell wieder auf den Füßen und antwortet ihrer Kollegin. Er

44

greift unter ihren Rock, und sie verdreht verzückt die Augen, als er spürt, wie bereit sie ist.

Thiago drängt sie an die Wand. Noch immer ist die Tür geöffnet, und sie bewegen sich lautlos. Er zieht ein Kondom aus seinem Nachttisch und rollt es sich über. Dann dringt er tief in sie ein. Dabei hält er ihr den Mund zu, damit sie nicht laut stöhnt. Je schneller und härter er zustößt, desto tiefer krallen sich ihre Finger in seine Schultern. Als sie beide kurz danach nach Atem ringen, erzählt die andere Haushaltshilfe noch immer, was ihre Nachbarin sich gestern erlaubt hat.

Thiago gibt ihr noch einen Kuss auf die Schulter, und sie lacht leise, bevor sie ihrer Kollegin antwortet und ihre Kleidung glatt streicht.

Thiago geht noch einmal ins Bad zurück, und als er wieder herauskommt, sind die beiden Haushaltshilfen gegangen. Es war kurz und hatte keinerlei Bedeutung, außer dass er sich etwas leichter fühlt. Trotzdem setzt, während er sich anzieht, ein schlechtes Gewissen ein, was ihn für eine Weile nicht mehr loslässt.

Er versucht sich abzulenken und sieht sich zunächst die fortschreitenden Bauarbeiten an der Fabrik und der Mauer im Wald an. Da dort fast alle Bäume abgebrannt sind, haben sie alles entfernt und das Gebiet so erweitert, dass die Mauer in einiger Entfernung zur Fabrik und den Cannabis-Plantagen beginnt. Die Plantage ist vergrößert worden, und die neuen Pflanzen sind gestern gesetzt worden. Sie haben sehr schnell Nachschub bekommen und diesen mit dem Geld aus Chile bezahlt.

Loris hat in der Stadt eine Gärtnerfamilie gefunden, die sie eingestellt haben. Es sind drei Brüder, die alles umgegraben und gepflanzt haben und sich ab jetzt um die Pflanzen kümmern werden. Sie sind dankbar für die Arbeit und werden immer von zweien seiner Männer dabei überwacht.

Als Thiago sich zu den Arbeitern gesellt, die die Mauer bauen, schlägt einer von ihnen vor, dass sie sich zusätzlich zu den

Männern und Mauern auch Wachhunde besorgen sollten. Für dieses große Grundstück mindestens drei. Es gäbe in der nächstgrößeren Stadt zwei Züchter, die sich darauf spezialisiert haben, diese Hunde für Firmen und ihre Gelände auszubilden.

Thiago gefällt die Idee, auch Dallas, der ihn heute begleitet, scheint sie gut zu finden, und sie lassen sich die Adresse geben, sie werden sich die Tage darum kümmern.

Danach fahren sie erst einmal in die Stadt, in den Baumarkt. Wie Thiago es sich gedacht hat, ist es auf einmal kein Problem mehr, die benötigten Bauteile am nächsten Morgen zu liefern. Thiago lässt Almas Fußkettchen reparieren, und als sie dieses Mal am Laden vorbeifahren, steht der rote Truck nicht da.

Thiago hält auf der anderen Straßenseite. »Ich brauche einen Moment, bin gleich wieder da.«

Dallas sieht nur kurz von seinem Handy auf und hebt die Augenbrauen. »Viel Spaß.«

Thiago betritt den Laden.

Es sah damals schon gut aus, doch jetzt ist alles fertiggestellt. Sie haben mehrere Auslagen mit frischem Gemüse und Obst, aber auch Reis und Nudeln und verschiedene andere Waren kann man jetzt hier kaufen. Hinter einer Kühltheke sitzt auf einem Hocker Almas Vater und lächelt ihn freundlich an, als er ihn erkennt.

»Thiago, wie geht es dir? Es ist schön, dass du uns hier besuchen kommst.«

Thiago lächelt zurück. »Ich war nicht in Honduras, und ich wollte mal nachsehen, ob bei euch alles in Ordnung ist, und noch etwas vorbeibringen, was ich von Alma habe.«

Der Vater sieht sich ebenfalls im Geschäft um. »Ich habe nicht damit gerechnet, dass die Leute den Laden so gut annehmen. Wir haben auch den Stand auf dem Markt aufgegeben, weil die Leute meistens hierherkommen. Und sieh mal, die Tomaten sind schon aus dem neuen Garten. Aber es wird noch etwas dauern, bis alles dort wächst.«

Thiago nickt und sieht dem Vater in die Augen. »Das ist gut. Und wie geht es Alma?«

Der alte Mann erwidert seinen Blick und verschränkt die Arme vor der Brust. »Weißt du, Thiago, ich mag dich. Und das nicht, weil alle von dir sprechen und du der berühmte Fuego bist. Nein, ich mag dich, weil du von Anfang an gut zu meiner Tochter und mir warst und ich gesehen habe, wie du Alma ansiehst. Es war nicht immer leicht mit ihr, und sie hat viel durchgemacht, doch ich spüre, dass du sie magst und sie vielleicht genauso schützen willst wie ich. Deswegen habe ich auch verstanden, dass du sie aus deinem Leben raushalten willst. Ich habe versucht, Alma zu erklären, dass du das tust, weil sie dir etwas bedeutet, und weil du weißt, dass es besser für sie ist. Ich würde auch alles dafür tun, um sie zu schützen, selbst wenn es heißt, dass ich auf sie verzichten müsste. Deshalb verstehe ich dich. Doch ich glaube, sie will das nicht so sehen. Sie lächelt und tut so, als wäre niemals etwas gewesen, aber ich kenne mein kleines Mädchen.«

Ein trauriges Lächeln liegt auf seinen Lippen. »Ich habe sie in den schlimmsten Situationen gesehen, verzweifelt, verletzt, ängstlich. Es hat ewig gedauert, bis sie wieder richtig schlafen konnte, nachdem wir auf der Flucht waren. Doch diese Traurigkeit, die sie jetzt in ihren Augen trägt, ist anders. Ich glaube, dass sie das mit dir sehr verletzt hat. Mehr als sie zugeben würde.«

Thiago atmet aus und hebt die Hand. »Ich wollte sie nicht verletzen. Das wollte ich nie. Aber wenn ich es jetzt nicht getan hätte, wären vielleicht noch viel schlimmere Dinge passiert ...«

Eine Frau betritt den Laden, und der Vater nickt. »Ich weiß.«

Um nicht weiter zu stören, deutet Thiago nach oben. »Ich lege ihr das hin, was ich noch von ihr habe.«

Der Vater wendet seine Aufmerksamkeit der Kundin zu, während Thiago in die Wohnung über dem Laden geht. Er betritt das Zimmer, das für Alma gedacht war, doch es wirkt nicht so, als würde hier jemand schlafen. Daher klettert er die ausgezogene Leiter zum Dachboden hoch und lächelt.

Almas süßer Duft liegt im Raum. Unter dem großen Dachfenster, das er für sie hat einbauen lassen, stehen Kerzen. Es liegen Unterlagen herum, und man sieht, dass sie hier schläft. Ein Buch liegt auf der Bettdecke und eine kleine Leselampe steht neben der Matratze.

Thiago atmet tief ein, zieht diesen unvergleichlichen Duft in seine Lungen und weiß, dass keine Frau und nichts, was er mit ihr erleben könnte, so sein würde wie mit Alma. Nichts wird mit dem aufzuwiegen sein, was er mit Alma hatte, sei diese Zeit auch noch so kurz gewesen.

Er legt die Schachtel mit ihrem Fußkettchen auf ihr Bett und sieht sich noch einmal um.

Er wünschte, er könnte ihr mehr geben, könnte für sie etwas anderes ein, könnte ihr das bieten, was sie beide wollen. Doch er kann es nicht. Was immer er auch in Zukunft erreichen wird, das hier wird eine Niederlage sein, die er sich eingestehen muss, mit der er leben muss und die am allerbittersten schmeckt.

Kapitel 6

Alma sieht auf die fast leeren Behälter ihrer Gemüseabteilung.

Ihr Laden läuft gut, so gut, dass sie ständig neues Obst und Gemüse braucht. Sie war vor wenigen Tagen an den Feldern, die ihr Vater bewässert, wenn er auf dem Weg zum Fischen daran vorbeikommt. Sie hatte gehofft, noch ein paar Tage mit dem Ernten warten zu können, ein Blick in ihre Körbe und Verkaufsregale lässt sie aber genervt aufseufzen.

Eine Stammkundin betrachtet gerade die Regale. »Meine Hübsche, wann bekommt ihr wieder neue Kartoffeln? Ich sage dir, wenn ich meinem Mann die aus dem Supermarkt bringe, schmeckt er das sofort.«

Alma sieht zu ihrem Vater, der auf einem Stuhl sitzt und Zeitung liest. Er hat ihr versichert, dass er heute nach dem Fischen gesehen hat, wie Thiago und seine Männer das Gebiet verlassen haben. Sie will nur dorthin, wenn er nicht da ist. Ihr Vater blickt von seiner Zeitung auf.

»Heute Nachmittag sind wieder welche da.« Sie geht nach hinten in ihren kleinen Lagerraum, wo die großen Seegraskörbe übereinandergestapelt sind. Es ist schon viel zu spät zum Ernten, da es fast Mittag ist und es zu warm wird, doch die Felder liegen bald im Schatten und es wird schon gehen. Lieber jetzt, als dass sie morgen hinmuss, wenn Thiago da ist.

Sie trägt einen weißen Sommerrock und ein weißes Top, nicht das passendste Outfit zum Ernten, doch sie ist das mittlerweile so gewöhnt, dass sie sich dabei kaum mehr schmutzig macht. Danach wird sie sowieso eine Dusche brauchen. Bevor sie das Lager verlässt, sieht sie noch einmal in den kleinen, runden Spiegel, der hier aufgehängt ist. Sie hat sich heute Morgen wie bereits in den letzten Tagen ihre durchwachten Nächte weggeschminkt. Sie benutzt sonst selten Concealer, im Moment braucht sie das, und sogar Rouge hat sie aufgetragen, weil sie blasser als sonst ist.

Alma fühlt sich schlecht. Zu Beginn war es nur Wut und Enttäuschung, die sie gespürt hat. Auch jetzt empfindet sie das noch, doch gleichzeitig fragt sie sich, wie sie ihr Herz so sehr an Thiago verlieren konnte, ohne zu merken, dass er nicht in der Lage ist, ähnlich zu empfinden. Wieder einmal hat sie sich von einem Mann blenden lassen. Sie ist in den Nächten immer wieder jede Einzelheit durchgegangen, jede seiner Berührungen, seine Worte. Es war leicht, sich von ihm täuschen zu lassen, sich wegen der liebevollen Blicke etwas einzubilden. Sie hat ihre eigene Warnung nach der Sache mit Jakop ignoriert. Wahrscheinlich ist es mehr die Enttäuschung über sich selbst, dass sie nicht schlau genug war, aus ihren Fehlern zu lernen.

Sie rollt genervt die Augen, darüber, dass sich ihre Gedanken wieder einmal um Thiago drehen. Er hingegen wird nicht einmal an sie zurückdenken. Sie hat von der Party gehört, die vor zwei Tagen gefeiert wurde, weil zwei neue Mitglieder aufgenommen wurden. Viele Frauen aus der Stadt wollten dorthin, und Alma ist sich sicher, dass Thiago sich schnell etwas Neuem zugewandt hat.

Als Alma jetzt aus dem Lager kommt, ist die Kundin gegangen. »Ich versuche, so viel wie möglich zu holen und hoffe, dass unsere Felder im Garten bald mehr Ernte einbringen.«

Ihr Vater sieht nicht von der Zeitung auf. »So wie es momentan läuft, könnten wir eher beide Anbauflächen gebrauchen. Die Nachfrage wird immer größer und ich bin mir sicher, dass Thiago nichts dagegen hat ...«

Alma hängt sich ihre Handtasche über die Schulter und unterbricht ihren Vater. »Es ist mir völlig egal, was er will!«

Natürlich sieht sie das Schmunzeln ihres Vaters, doch sie reagiert nicht darauf und verlässt den Laden. Nachdem sie die Körbe auf der Ladefläche verstaut hat, steigt sie in ihren roten Truck, der vor dem Geschäft geparkt ist. Sobald der Motor anspringt, ertönt das Lied 100 ANÕS aus dem Radio, und Alma schaltet es sofort aus. Sie könnte auch Isabel oder Alegra fragen, ob sie sie begleiten, dann ginge es schneller, doch um die Mittagszeit ist im Kinderheim immer viel zu tun.

So fährt sie allein aus der Stadt, auf dem Weg, den sie früher so sehr geliebt hat. Sie war gern in der Stadt, doch immer froh, wenn sie auf der Landstraße in dieses verlassene Gebiet zum Meer gefahren ist. Nun sieht sie all das mit anderen Augen.

Als sie nach zehn Minuten am Wachhaus ankommt, lächelt ihr einer der Männer entgegen, den sie oft hier trifft. Er öffnet das Tor für sie. »Er ist nicht da!«

Alma spürt, wie ihre Wangen rot werden und nickt nur. Ihre Wut auf Thiago scheint niemandem verborgen geblieben zu sein. Ohne sich weiter umzusehen, fährt sie direkt zum hinteren Teil des Gebietes, wo noch keine Häuser stehen, nur ihr Hühnerstall. Sonst gibt es nur die Beete und freies Land.

Wie lange das allerdings noch so bleibt, kann sie schwer einschätzen. Sie sieht die Bagger und schweren Geräte und die Lagerhallen, die gerade weiter unten wieder entstehen, und auch, dass an der Fabrik und bei den Cannabisfeldern gebaut wird, doch das geht sie nichts an. Gerade arbeitet wegen der Mittagszeit allerdings niemand, und als Alma aussteigt, atmet sie tief die Meeresluft ein. Sie vermisst diesen Ort.

Wer weiß, wo Thiago ist, vielleicht hat er Honduras mal wieder verlassen. Sie wird so selten wie möglich herkommen, deswegen sollte sie die Zeit nutzen, die sie hier hat. Die ganze Zeit wollte sie schon nach ihrem Haus sehen, doch sie hat sich nicht getraut. Nun aber steigt sie die Treppe zum Strand hinab.

Alles ist ausgeräumt. Die Männer haben jeden Schrank, jeden Tisch, jeden Stuhl, alles zu ihnen ins neue Haus gebracht. Es tut weh, das Haus so zu sehen. Für einen Moment setzt Alma sich auf die Stufen der Veranda und sieht auf das ruhige Meer. Wenn Thiago nicht zurückgekommen wäre, würden sie noch immer hier leben. Sie weiß selbst, dass das keine Dauerlösung gewesen wäre - sie mussten sich etwas Richtiges aufbauen wie diesen Laden -, doch zumindest eine Weile hätten sie noch hierbleiben können.

Schweren Herzens geht Alma nach einer Weile wieder hinauf zu den Feldern. Sie knotet ihren Rock nach oben und zieht Flipflops an, bindet sich ihre Haare zu einem hohen Zopf und nimmt die Körbe von der Ladefläche. Thiago hat ihr vor zwei Tagen das Fußkettchen wiedergebracht. Er hat mit ihrem Vater gesprochen, doch Alma hat den Inhalt des Gesprächs nicht wissen wollen. Er muss ihre Fußkette hier auf den Feldern gefunden und repariert haben, doch sie versucht, all das weit von sich zu schieben, auch wenn sie sie sofort wieder angelegt hat.

Schon nach zehn Minuten auf dem Feld spürt sie, wie sehr sie das hier vermisst. Sie liebt es, zu ernten, die Orangen in die Körbe zu legen, die reifen Tomaten zu pflücken, an den Zitronen zu riechen, vorsichtig die Trauben zu ernten. Es ist wieder viel zu viel. Alma füllt auch einen Korb für die Familia. Die letzten Male hat sie es vergessen, doch es war so abgemacht und die Ernte wird für die nächsten Tage reichen. Sie trägt die Körbe voller Früchte und Gemüse zu dem Transporter, kümmert sich um die Kartoffeln, Zwiebeln und all die anderen Sachen und spürt, wie die Zeit vorbeigeht. Vorher hat sie immer jeden Tag etwas abgeerntet, nun erntet sie alles auf einmal und das dauert.

Sie ist erschöpft, als sie fast fertig ist. Sie geht zu den Hühnern, sammelt die Eier ein, gibt ihnen frisches Futter und Wasser und ist dankbar, dass das auch von den Männern gemacht wird. Als sie die Eier auf die Ladefläche legt und die letzten beiden Körbe für Zucchini, Melonen und Auberginen holt, sieht sie ein Auto auf sie zu fahren.

Sie hat sich zu lange hier aufgehalten. Er ist zurück. Doch wieso fährt er nicht einfach zu sich und lässt sie in Ruhe? Er wird ihr doch nicht jetzt auch noch das Ernten verbieten? Alma hat wirklich gehofft, sie müsste ihn nicht mehr sehen, zumindest so schnell nicht mehr. Sie streicht sich eine Strähne aus dem Gesicht, sieht, wie er bei ihrem Truck hält, beachtet ihn aber nicht weiter und geht mit den Körben aufs Feld.

»Hey.« Er schließt seine Autotür und kommt zum Feld.

Alma sieht nicht einmal hoch, sie kennt diese Arbeit in- und auswendig und könnte sie mit geschlossenen Augen erledigen, doch nun betrachtet sie die Zucchini ganz genau und schneidet nur die allerbesten ab und legt sie in den Korb. »Hi.«

»Die Männer haben mir gesagt, dass du nur herkommen willst, wenn ich nicht da bin.«

Sie sieht noch immer nicht hoch. »Hat ja leider nicht funktioniert.«

Sie hört sein leises Lachen. Es hört sich ein wenig unsicher an, was sie sich einbilden muss, immerhin steht dort Fuego, Thiago Fuego mit den kältesten dunklen Augen, die sie je gesehen hat, bis sie sich eingebildet hat, sie hätten sich für sie erwärmt.

»Hör mal, Alma, das, was passiert ist ... Ich wollte dich nicht verletzen. Diese Nacht war ... Du hast doch gesehen, was hier los war, und als du dann am Grab standest und ...«

Oh nein, kein mitleidiges Gespräch. Sie hat elf große Zucchini geerntet und bringt den Korb zurück zum Transporter. Dabei schweift ihr Blick einen Moment über ihn. Sie registriert seine schwarze Sportshorts, sein weißes Shirt, was seine dunkle Haut und seine Muskeln unterstreicht. Sie spürt seinen Blick auf sich, doch sie sieht ihm nicht in die Augen.

»Was soll das jetzt, Thiago? Willst du dich bei mir entschuldigen?«

Sie kommt nicht weiter. Er tritt zu ihr und nimmt ihr den Korb ab, dabei berühren sich ihre Finger, und Alma zieht sie blitzschnell zurück, was er spüren muss.

»Nein!«

Verwundert blickt sie nun doch hoch und in seine Augen, deren Blick tatsächlich verunsichert auf ihr ruht. Auch bei ihm erkennt sie Schatten unter seinen Augen und bereut es sofort, ihm ins Gesicht gesehen zu haben.

»Alma.« Seine Stimme wird weicher. Einen Moment wirkt es fast so, als wolle er mit seiner Hand über ihre Wange streichen, doch Alma wendet sich schnell ab und geht auf die Felder zurück.

»Was willst du dann, wenn nicht, dich zu entschuldigen? Mir noch mehr nehmen? Darf ich nun auch nicht mehr auf die Felder?«

Thiago bringt den Korb auf die Ladefläche und kommt dann zu ihr aufs Feld. »Nein, du kannst immer herkommen. Ich will mich nicht entschuldigen. Ich will dir erklären, was passiert ist.«

»Das brauchst du nicht, ich habe es verstanden. Du warst verheiratet, deine Frau war schwanger, und du hast beide verloren. Das tut mir leid, Thiago. Ich kann mir nicht vorstellen, wie sehr dir das wehtun muss. Doch dann hättest du dich nicht auf mich einlassen oder mir das von Anfang an sagen sollen.« Alma erhebt sich aus dem Auberginenbeet und steht nun genau vor ihm.

»Es gab genug Gelegenheiten. Ich habe dir meine dunkelsten Geheimnisse anvertraut, weil ich wollte, dass du weißt, was dich … erwartet, dass es mit mir nicht leicht werden würde. Ich war bereit, mich auf etwas Neues einzulassen, und ich habe mir eingebildet, dass du das auch warst. Du hättest mir sagen sollen, dass du das nicht bist, dass du es vielleicht nie sein wirst. Es war nicht fair von dir. Also lass diese Erklärungen. Ich habe meine Antworten bekommen, von Dallas statt von dir, aber ich weiß jetzt, wo ich stehe.« Sie funkelt ihn böse an. Nun wird er sehen, wie sehr er sie verletzt hat, doch das macht nun auch nichts mehr.

»Ganz so einfach ist es nicht, Alma. Denkst du etwa, du wärst mir egal? Ich wollte dir nichts von Rosa und meinem Sohn erzählen, weil ich nicht wollte, dass es noch eine Rolle spielt und ...«

Alma stemmt die Hände in die Hüften und atmet einmal tief durch. Dann greift sie nach dem Korb, um ihn zum Transporter zu bringen, doch wieder nimmt Thiago ihn ihr ab.

»Keine Rolle spielt? Du hättest mal deinen Blick sehen sollen, als ich am Grab stand. Ich ... kann dir das nicht einmal verdenken. Es ist schrecklich ... es ist ...«

Nun unterbricht er sie. »Ich will nicht über sie sprechen.«

Alma nickt, sieht ihm noch einmal in die Augen und wendet sich ab. Sie geht zu den Melonen und murmelt ein: »Es ist jetzt eh egal.«

Statt zu gehen, kommt Thiago zurück aufs Feld zu ihr. Er nimmt vier der sechs großen, reifen Melonen und bringt sie zum Truck. Er sagt nichts mehr, aber sie kann förmlich sehen, wie es in seinem Kopf arbeitet.

Erst als Alma ihm am Truck den Korb für die Familia vor die Füße stellt, räuspert er sich noch einmal.

»Hör zu, Alma, ich möchte nicht, dass du mir aus dem Weg gehst. Ich habe das nicht getan, um dich zu verletzen, und es ist mir auch nicht egal, doch ich habe dir auch von Anfang an gesagt, dass in meinem Leben kein Platz für solche Gefühle ist. Ich werde nicht noch einmal jemanden in Gefahr bringen, der mir etwas bedeutet. Deswegen habe ich dich und deinen Vater weggeschickt. Du hast doch gesehen, was passieren kann. Weißt du, was ich da gerade in Chile getan habe? Glaub mir, du willst mit solch einem Leben nichts zu tun haben. Wenn ich mich wirklich fair verhalten will, ist alles, was ich tun kann, mich von dir fernzuhalten. Ich möchte aber auch nicht, dass du denkst, du wärst mir egal oder ...«

Aus der Richtung der Baustelle kommen mehrere Haushaltshilfen. Offenbar sind die Lagerräume schon so weit, dass sie gesäubert werden können. Zumindest scheinen die Frauen dort etwas zu tun gehabt zu haben. Eine von ihnen, die Jüngste mit einem weiten Ausschnitt in ihrer Uniform und einem sexy Lächeln auf den Lippen, tritt zu ihnen und nimmt den Korb an sich. Alma hat sie schon ein paar Mal in Thiagos Haus gesehen, sie wird wissen, dass der Korb für ihn ist.

»Ich bringe ihn ins Haus, ich bin eh gerade auf dem Weg dahin, um noch frische Handtücher einzusortieren.«

Thiagos Blick ist weiter auf Almas Gesicht gerichtet. Doch Alma entgeht weder das Zwinkern noch das wissende Lächeln der Frau, und nachdem sie sich mit dem Korb entfernt hat, schüttelt Alma den Kopf.

»Das mit uns muss dir ja unglaublich viel bedeutet haben. Ich frage mich, wie viele bereits wieder in deinem Bett waren. Oh, aber warte mal - ich war ja nicht einmal darin. So tief sollte es dann doch nicht gehen, oder? Mach's gut, Thiago, und spare dir deine Worte beim nächsten Mal.«

Ohne noch weiter auf ihn zu achten, schließt sie die Ladeklappe und steigt in den Truck. Alma hört ihn fluchen, doch sie gibt Gas und fährt so schnell sie kann aus dem Gebiet, weit weg von alldem. Der Schmerz in ihrer Brust raubt ihr einen Moment lang den Atem. Der Gedanke, dass er schon eine andere Frau im Arm hatte, tut noch mehr weh. Doch was hat sie erwartet?

Sie schlägt gegen das Lenkrad. »Hör doch endlich auf, so naiv zu sein«, schreit sie sich selbst an, bevor sie noch mehr Gas gibt und hofft, dass sie nicht so schnell wieder herkommen muss.

Kapitel 7

Almas enttäuschte Augen sehen ihn an. Thiago greift nach ihrem wunderschönen Gesicht. Allein ihre weiche Haut wieder unter seinen Fingern zu spüren, fühlt sich gut an, doch als er dann die nassen Tränen auf ihren Wangen spürt, erinnert er sich wieder daran, was für ein Arsch er ist und wie sehr er sie verletzt hat.

»Wach auf, Prinzessin, du hattest genug Schönheitsschlaf.« Esaus raue Stimme weckt Thiago, und er erkennt, dass er im Flieger auf dem Bett liegt, wo er auf dem Flug nach Mexiko eingeschlafen sein muss. Sein Cousin steht am Schrank und wechselt sein Shirt. Hier gibt es immer eine Auswahl an frischen Kleidungsstücken. Auch duschen kann man hier, weil einige Flüge lange dauern.

Thiago bleibt liegen, hat die Augen aber geöffnet. Er nimmt die Geräusche und Stimmen seiner Männer wahr. Da sie nur zu einer Feier fliegen und die Fuegos nicht im Krieg mit den Mexikanern stehen, hat er nur ein paar Männer mitgenommen. Esau, Saul, Elam, Dallas, Mikail und zwei weitere Männer sind dabei. Mehr nicht. Sie werden nur bis morgen nach dem Fest bleiben und dann nach Puerto Rico fliegen.

Die anderen werden in Honduras in der Fabrik und für die Waffenlieferungen gebraucht. Malik und die anderen sind noch in Chile.

Thiago nimmt sein Mobiltelefon zur Hand und blickt auf die Anrufe, die er verpasst hat, da er das Handy auf lautlos gestellt hatte. Sie haben die Tage bis zum Abflug genutzt und viel erreicht. Es gibt drei neue Deals für Waffenlieferungen, und ihr Gebiet ist jetzt gesichert. Die Mauern müssen noch ausgebessert, ein weiterer Kontrollpunkt eingerichtet und einiges anderes getan werden, doch die Mauern standen, als sie gefahren sind. Kurz vor dem

Abflug haben sie sich noch mit dem Hundezüchter in einem Café auf dem Weg zum Flughafen getroffen und ihm gesagt, was sie haben möchten. Es gibt gerade einen Wurf Welpen, die dafür gut geeignet sind. Der Züchter beginnt schon jetzt, mit ihnen zu arbeiten, und wenn Thiago und seine Männer zurück sind, wird er mit ihnen auch auf dem Grundstück trainieren und dann über Monate weitermachen, bis sie perfekt ausgebildete Wachhunde sind. Sie werden eine gute Ergänzung zum Sicherheitspersonal darstellen. Esau freut sich besonders auf die Hunde, und auch Saul sagt, dass er sich mit darum kümmern möchte.

Noch einmal sieht Thiago seine Nachrichten durch. Nachdem Alma vor zwei Tagen wütend vom Gebiet gefahren ist, wollte er nichts anderes, als ihr folgen und ihr sagen, dass keine der anderen Frauen ihm etwas bedeutet. Es fällt ihm verdammt schwer, in der Sache mit Alma seine Gefühle zurückzustellen. Er weiß, dass er das tun muss, um mit seinem ganzen Kopf bei der Familia zu sein, um nicht noch einmal jemanden in Gefahr zu bringen. Deswegen ist er ihr nicht hinterhergefahren, wie er es am liebsten getan hätte, doch er hat ihr eine Nachricht geschrieben und ihr versichert, dass er weiß, dass es nicht so aussieht, sie aber nicht denken soll, ihm hätte das zwischen ihnen nichts bedeutet. Alma hat ihm nicht darauf geantwortet, was richtig ist. Er weiß, dass sie sich nun nichts mehr zu sagen haben. Gleichzeitig fühlt es sich falsch an, und er hat nicht damit gerechnet, dass dieser Kampf zwischen seinem Kopf und seinem Verstand so hart wird.

Thiago reibt sich müde über die Augen. Er hatte in der Nacht noch ein Treffen mit neuen Kunden und nicht viel Schlaf bekommen. Auch in Mexiko ist er mit zwei Familias verabredet, sie haben schon jetzt Interesse an ihrem Cannabis und den Waffen gezeigt und möchten als Allererste Proben davon bekommen. Wenn den Familias die Proben gefallen, gilt der Deal und sie geben ihre Bestellungen auf, so sparen sie sich später Reisen. Es ist normal, dass man solche Feiern dafür nutzt. Die meisten reisen schon heute an und nutzen den Tag, um Geschäfte auszuhandeln.

Thiago weiß nicht, wer alles da sein wird, doch zwei Familias aus Bolivien haben Loris kontaktiert und sie treffen sie heute. Er ahnt, dass sich in Mexiko gerade einiges zusammenbraut. Die Mexikaner wissen, dass Honduras und Puerto Rico immer zusammengehalten haben, deswegen versteht er nicht, wieso sie denken, dass sich das ändern könnte. Doch um seine Augen offenzuhalten und nachzusehen, was genau los ist, fliegt er nun zur Feier der Familia. Sie existiert bereits seit hundert Jahren, eine stolze Zeit, doch er hat die Wut von Dario und Diego Da Silva gesehen. Wer weiß, wie lange die Familia noch existieren wird.

»Bist du bereit?«, fragt Esau.

»Alles bestens. Wann landen wir?« Genau in dem Moment spürt Thiago, wie die Räder des Jets den Boden berühren.

Esau zieht sich zu Ende an. »Unser letztes Treffen findet in diesem berühmten Club statt. Ich weiß, dass du den Mexikanern nicht traust, doch können wir erst einmal ein wenig Mexiko genießen? Man sagt nicht umsonst, hier gibt es die hübschesten Frauen.«

Thiago geht ins Bad und macht sich frisch. Er zieht sich nicht extra um. »Von mir aus. Fahren wir erst ins Hotel?«, ruft er durch die angelehnte Tür.

Esau sieht auf sein Handy. »Das werden wir nicht schaffen. Ich lasse unsere Sachen dorthin bringen, wir haben in einer Stunde das Treffen am Hafen.«

Thiago tritt heraus, und sie gehen zusammen zu den anderen Männern. Er steckt sein Handy in die Jeanstasche und streckt sich, sodass seine Knochen knacken. Das wird ein langer Nachmittag.

Der Gedanke, nach Mexiko zu müssen, hat ihm gar nicht gefallen, denn er traut der Familia Kaberanos nicht. Trotzdem muss er zugeben, dass Mexiko ihm gefällt. Dadurch, dass er alles neu aufbauen muss, hat er harte Wochen hinter sich und es werden noch harte Wochen folgen. In diesen Stunden jedoch kann er seinem

Bruder und seinem Cousin und auch Saul endlich zeigen, wie das Leben in einer Familie noch sein kann.

Sie haben zwei Mietwagen und fahren zum Hafen. Dabei sehen sie, wie schön Mexiko ist. Am Hafen treffen sie die Bolivianer. Raphael hat niemals mit ihnen Geschäfte gemacht, deswegen war Thiago verwundert, dass sie auf sie zugekommen sind. Doch er weiß, dass sie sehr eng mit Costa Rica zusammenarbeiten, mit denen sie schon lange in einem guten Kontakt stehen.

Die Bolivianer sind angenehm. Sie sitzen mehrere Stunden in einem Café am Hafen und unterhalten sich und vereinbaren einen lukrativen Deal. Die Bolivianer haben einige Probleme mit der Armee und dem Präsidenten und werden Großabnehmer von ihren Waffen. Nun müssen sie ihnen nur noch gefallen, doch Thiago ist sich sicher, dass sie das werden.

Da sie nach dem Treffen noch Zeit haben, nutzen sie diese und gehen zu einer Bootausstellung am Hafen und kaufen zwei weitere Schnellboote, die sie brauchen. Danach fahren sie in ein exklusives Restaurant und genießen die gute Livemusik und das Essen, bis sie später in den bekanntesten Club Mexikos gehen, wo sie die beiden Familias treffen.

Auch mit ihnen klappt alles gut, auch sie sind an Waffen, aber noch mehr an Cannabis interessiert, da ihnen wegen der Regierung kaum noch Anbau möglich ist. Sie tauschen sich über die Probleme aus, und auch nachdem sie ihre Deals abgeschlossen haben, bleiben sie noch lange sitzen. Hübsche Frauen gesellen sich zu ihnen, sie trinken einiges und genießen die warme Nacht Mexikos.

Sie fahren erst sehr spät zum Hotel. Arturo, der Anführer der Kaberanos, hat ihnen etwas gebucht, doch sie haben dankend abgelehnt und sich selbst eine Etage in einem anderen Hotel gemietet. Jeder hat sein Zimmer. Thiago ist sich sicher, dass trotzdem jeder weiß, wo sie sind. Doch er glaubt nicht, dass sie sich Sorgen machen müssen, schließlich wollen die Mexikaner etwas von ihm. Er weiß noch nicht was, doch sie werden ihn in Ruhe lassen. Die Mexikaner haben sie noch nie unterschätzt.

Auf dem Weg zu ihren Zimmern spricht Thiago noch mit Loris und gibt ihm das Wichtigste zu den neuen Deals und die Kontaktdaten durch. Sie haben alle viel getrunken und sind müde, jeder murmelt eine Verabschiedung, und auch Thiago beendet das Gespräch mit Loris.

Thiago steckt das Handy weg und betritt müde seine Suite.

»Ich habe auf dich gewartet.« Ayla sitzt am Schreibtisch und blickt ihm entgegen.

»Wieso überrascht mich das nicht?« Thiago zieht seine Waffe aus dem Hosenbund und legt sie auf dem massiven Holzesstisch ab, der an der Seite des Raumes steht. Er streift sich die Sneakers ab und sieht zu Ayla.

»Weil du mich kennst, weil wir beide gleich denken und handeln. Das war schon immer so.«

Thiago geht zu der Minibar und gießt sich ein Glas Scotch ein. »Dass wir beide gleich denken, bezweifle ich. Was willst du, Ayla?« Ein leises Lachen lässt ihn wieder zum Schreibtisch sehen.

Er ist nicht blind für Aylas Reize, schließlich ist er ein Mann. Sie ist eine sehr attraktive Frau. Er sieht von ihren roten Pumps über ihre langen, braunen Beine bis zu dem kurzen, roten Overall. Ihre schwarzen Haare fallen ihr in wilden Wellen bis zu den Hüften und ihre roten Lippen sind wie ein Versprechen. Thiago weiß das, er kennt Ayla, sie hatten viel Spaß miteinander, und es waren Stunden, die er immer in seinen Erinnerungen hat. Ayla weiß, wer sie ist und was sie kann. Er hat nach ihr keine Frau getroffen, die so gut war in dem, was sie tut. Doch das ist nicht alles im Leben, und das hat er schnell begriffen.

»Morgen findet die Feier statt und danach einige wichtige Gespräche, und ich wollte dich nur daran erinnern, was für Vorteile es hat, wenn du über eine Zusammenarbeit mit uns nachdenkst. Wenn du an unserer Seite kämpfst und ...«

Thiago setzt sich auf die Couch und nimmt einen Schluck. »Das ist schon der erste Fehler, Ayla. Es gibt nur die Fuegos, und wie du sicherlich weißt, sind wir bereits so mächtig, dass wir mit niemandem zusammenarbeiten müssen. Das, was du mir anbieten willst, hatte ich schon. Wenn du behauptest, mich zu kennen, wirst du wissen, dass ich nichts und niemanden über meine Familia stelle. Niemals!«

Sie stößt sich vom Tisch ab und kommt langsam auf ihn zu. »Das weiß ich. Ich wusste immer, wer du bist, Fuego, und ich bereue es, wie das damals gelaufen ist. Ich wusste, dass du die Kraft der alten Familia warst, und diese Zeit mit dir hat noch lange in meinem Körper nachgebrannt. Niemals wieder habe ich einen Mann so genossen wie dich, und ich habe danach auch nie wieder einen Mann wie dich getroffen. Doch wir wollten die Da Silvas, und ich musste mich um Adrian kümmern und du hast diese Rosa gefunden ... Doch jetzt, einige Jahre später, stehen wir hier und alles hat sich geändert ...«

Ihre Stimme wird immer rauer, und mit den letzten Worten öffnet sie ihren Overall und streift ihn sich vom Körper. Sie steht komplett nackt vor ihm. Thiagos Blick streift über ihre Beine, ihren festen Bauch, die perfekten Brüste, zu ihren Lippen.

»Du sollst wissen, was Mexiko dir zu bieten hat.«

Thiago sieht von ihrem Körper zurück in ihr hübsches Gesicht. Er hat viel getrunken, doch er hat sich trotzdem im Griff, auch wenn sein Körper auf diesen Anblick reagiert.

»Ich bin nicht Adrian, Ayla, und das wusstest du auch damals schon. Wenn ich mir morgen anhöre, was deine Familia zu sagen hat, werde ich dich nicht berücksichtigen, das solltest du wissen. Ich werde mir keine Frau mehr nehmen. Schon gar nicht, um Beziehungen oder Geschäfte zu festigen. Das brauche ich nicht.«

Ayla lacht verführerisch und kommt auf ihn zu. Er wünschte, sein Körper würde nicht so deutlich zeigen, was dieser Anblick bei ihm auslöst. »Das weiß ich, Thiago, ich habe dich noch niemals unterschätzt, wirklich niemals.« Sie stützt ihr Knie zwischen seinen Beinen ab, ihre Hand streift über seine Jeans, und noch ehe er darüber nachdenken kann, hat sie ihn befreit und seufzt zufrieden, während Thiago nicht mehr widerstehen kann und sich ihren Brüsten widmet.

Sie beugt sich vor und küsst ihn. Als sich ihre Lippen treffen, fährt die Erinnerung an Almas süßen Geschmack wie bittere Säure in seinen Bauch, doch er schiebt das weit von sich. Er beendet den Kuss und fährt Aylas Hals entlang zu ihren Brüsten zurück.

»Du weißt gar nicht, wie oft ich daran gedacht habe. Kein Mann nach dir hat mich so erbeben lassen. Das, was du ...«

Thiago lehnt sich zurück. Sie kniet sich neben ihn, und ihre Lippen umfangen ihn. Ayla beherrscht ihren Körper perfekt und weiß, wie sie ihn einsetzen muss.

Thiago schließt die Augen, seine Hand greift nach ihrem Po und streicht dabei über ihre Mitte. Sie seufzt und lässt einen Moment von ihm ab. »Genau das ... verdammt ...« Sobald sie ihn wieder mit ihren Lippen umfängt, beginnt auch er, sie zu verwöhnen. Auch er ist nicht unerfahren, und sie haben wirklich einige schöne Stunden miteinander verbracht. Er hatte nicht vor, das zu wiederholen, doch gerade kann er sich dem nicht entziehen. Je schneller er wird, desto tiefer nimmt sie ihn auf. Sie kennen sich, sie wissen, dass das hier nur das Vorspiel von viel Spaß ist, doch sie stöhnen beide bald laut auf, und Ayla wendet sich mit einem zufriedenen Lächeln zu ihm um.

»Ich habe einige Sachen dabei, die ...«

Es wird laut im Hotelflur. Thiago setzt sich auf, als er einen Mann herumpöbeln hört, und bedeutet Ayla, sich anzuziehen. Er zieht seine Waffe und geht zur Tür. Es wird immer lauter, und Thiago öffnet die Tür, nachdem er sich vergewissert hat, dass Ayla ihren Overall wieder übergezogen hat und sich weiter hinten im Zimmer aufhält.

Auch die Tür neben seiner geht auf und Esau sieht verschlafen aus seinem Zimmer. Saul und Elam stehen mit einem Hotelmitarbeiter und zwei betrunkenen Männern bei den Fahrstühlen und diskutieren. Nach einigen Minuten wird klar, dass die beiden sich in der Etage geirrt haben.

Ayla kommt zur Tür und schüttelt den Kopf, dann gibt sie Thiago einen Kuss auf die Wange. »Morgen geht es weiter, mein Liebster. Das war nur der Anfang.« Sie hängt sich die Tasche um und geht an den Männern vorbei zum Fahrstuhl und fährt nach unten.

Esau grinst Thiago an. »Du und die Frauen!«

Wütend geht Thiago in sein Zimmer zurück, zieht seine Klamotten aus und geht unter die Dusche. Die Sache mit Ayla hat sich falsch angefühlt. Auch mit dem Wissen, dass das zwischen Alma und ihm vorbei ist und nie wieder etwas sein wird, hat er die ganze Zeit an sie gedacht und fühlt sich mit Aylas Geschmack auf den Lippen wie ein Betrüger.

Kapitel 8

»Hättest du dich nicht etwas feiner zurechtmachen müssen, wenn du jetzt auf den Vater deines Abenteuers von gestern triffst?« Esau sieht am nächsten Tag im Auto belustigt zu ihm, während er ihren Wagen durch den ersten Kontrollpunkt im Gebiet der Kaberanos steuert. Sie alle tragen Jeans und ein Hemd, Thiago hat sich eine feinere Hose und ein einfaches, schwarzes Shirt übergezogen.

Dallas beugt sich neugierig nach vorne. »Sag nicht, dass du schon wieder etwas mit Ayla hattest?«

Thiago geht nicht darauf ein, sondern sieht weiter aus dem Fenster. Das hätte nicht passieren dürfen, und das nicht nur, weil es Ayla ist, sondern weil er sich seitdem schlecht fühlt. Er versteht sich selbst nicht mehr. Er hatte viele Frauen, wirklich viele Frauen in seinem Leben. Auch in der Anfangszeit mit Rosa hatte er immer mal wieder etwas Spaß nebenbei, doch es hat sich niemals falsch angefühlt. Nun fühlt er sich schlecht. Das schlechte Gewissen nagt an ihm. Er kann es nicht beschreiben, doch er fühlt sich miserabel. Dabei ist er nicht einmal richtig mit Alma zusammen gewesen. Das zwischen ihnen ging ein paar Tage, wenige Wochen, und er verliert hier deswegen gerade den Verstand.

»Wir hatten nichts miteinander, ich hatte etwas Spaß, mehr nicht. Sie stand plötzlich nackt vor mir, was sollte ich tun?« Er hört Saul leise lachen und sieht Esaus Grinsen aus dem Augenwinkel, doch Dallas und er kennen Ayla und ihre Geschichte.

»Sie rausschmeißen. Du weißt, wie sie Adrian den Kopf verdreht hat. Stell dir vor, sie kommt in zwei Wochen und erzählt, sie ist schwanger von dir. Was willst du dann ihrem Vater sagen? Die Frau tut alles für ihre Familie.«

Sie fahren an heruntergekommenen Häusern vorbei. Die Kaberanos sind eine riesige Familia, doch keiner von ihnen lebt gut. Sie alle leben in kleinen Barrios vor den Toren des Palastes, der nur für die Kernfamilie, den Vater, den Bruder und jetzigen Anführer Arturo sowie Ayla bestimmt ist. Sie schwimmen im Geld, doch nur sie haben etwas davon. Jedes Mal, wenn Thiago das sieht, fragt er sich, wie sich die Kaberanos so lange an der Macht halten konnten.

Es ist bereits alles geschmückt, man sieht aufgestellte Tische mit Buffets und Kuchen, Piñatas, doch all das kann nicht darüber hinwegtäuschen, dass diese Männer kaum Lohn dafür bekommen, dass sie bereit sind, ihr Leben für die Familia zu geben.

Er seufzt leise und sieht einen Moment nach hinten zu Dallas. »Ich kann sie nicht geschwängert haben, denn ich habe nicht mit ihr geschlafen. Sie und alle anderen wissen, dass mich das nicht interessiert. Nichts von alldem. Sie kam zu mir, und ich habe ihr klargemacht, dass sie sich auf nichts Hoffnung machen darf, weder sie noch ihre Familie. Nur weil ich etwas Spaß mit ihr hatte, bedeutet das nicht, dass ich mich zu etwas verpflichte. Vielleicht hofft sie etwas anderes, aber ...«

Saul, der hinter Thiago sitzt, räuspert sich. »Vielleicht ist es gut, dass sie das glaubt. Und dass ihre Familie das glaubt. Wenn sie denken, du wirst dich wegen Ayla auf ihre Seite stellen, vertrauen sie dir mehr über ihre Pläne an.«

Dallas lehnt sich wieder zurück. »Jeder, der Thiago kennt, weiß, dass alles, was für ihn wichtig ist, seine Familia ist. Das wird auch eine Ayla nicht ändern.«

Thiago muss laut lachen, und Esau neben ihm zuckt die Schultern. »Aber vielleicht hilft allein die Hoffnung, du könntest mehr Interesse an Ayla haben, um sie etwas zu beruhigen. Wir warten ab, was die Kaberanos zu sagen haben, aber du solltest Ayla vielleicht heute noch einmal schöne Augen machen.«

66

Sie fahren an einem weiteren Kontrollpunkt vorbei, und Thiago holt sein Handy heraus, um noch einmal nachzusehen, ob Alma ihm geantwortet hat, was sie nicht getan hat. »Ich gebe mein Bestes.«

Man braucht eine Weile, um zum Haupthaus zu gelangen, das abgetrennt von allen anderen steht. Sobald man die Tore passiert, ist man in einer komplett anderen Welt. Hier strotzt es nur so von Reichtum. Es erinnert Thiago an Bexters Haus, wenn auch noch einmal größer. Er sieht auf die goldenen Palmen im Garten und die vielen Autos, die auf dem kleinen Parkplatz vor dem Haus stehen. Die Party scheint größer zu sein.

Die Türen zum Haus sind einladend geöffnet. Mehrere hübsche Frauen stehen im Eingangsbereich neben den Männern der Kaberanos, die genau darauf achten, wer hier ins Haus kommt. Sie nicken ihnen zu, und Thiago versucht sofort, sich einen Überblick zu verschaffen. Neben vielen Männern verschiedener Familias laufen hübsche Frauen herum, überall sind Essen und Getränke aufgereiht. Die gesamte untere Etage scheint für die Gäste zu sein, auf den Treppen stehen die Männer der Kaberanos und beobachten alles. Im Garten scheint die Party weiterzugehen.

Als Thiago und seine Leute eintreten, ruhen sogleich viele Blicke auf ihnen. Sie sehen einige wichtige Waffenhändler aus verschiedenen Ländern. Die meisten kennt Thiago von früher und begrüßt sie. Sie treffen auf eine der Familias aus Bolivien, mit denen sie gestern schon zusammen waren, und gehen mit ihnen hinaus in den Garten.

Auch hier ist alles geschmückt. Auf einer Bühne spielt eine Band aktuelle Lieder in alter mexikanischer Tradition. Wären die meisten Gäste hier nicht Mitglieder der bekanntesten Familias, könnte man einfach nur von einer netten Party ausgehen. So entdeckt Thiago, während er etwas trinkt und die Familia aus Costa Rica begrüßt, die bereits zu ihren Kunden zählt, einige interessante Gäste. Er wusste nicht, dass die Familia aus Costa Rica hier sein würde, denn sie haben nicht viel mit den Mexikanern zu tun. Doch offenbar haben die Kaberanos einige eingeladen, um diesen Tag zu feiern. Nun ist sich Thiago sicher, dass hier nicht nur gefeiert wird. Die Mexikaner wollen eine Front bilden. Er sieht zu der Familia aus der Dominikanischen Republik, der aus Ecuador … Besonders verwundert ist er über Kuba, die eigentlich immer zu Puerto Rico gehalten haben, aber gut, allein ihre Anwesenheit hat sicherlich nichts zu bedeuten.

»Sieh an, ich habe nicht gewusst, dass ihr auch hier seid. Ich dachte, mit eurer arroganten Art habt ihr euch schon längst selbst ein Grab geschaufelt.«

Thiago dreht sich um und sieht in die Augen von Escobar und Marco, die beiden Anführer aus Venezuela, denen sie ihre Zusammenarbeit sehr früh gekündigt haben. Mit weiteren zehn Männern bauen sie sich vor ihnen auf. Thiago spürt Dallas und Saul in seinem Rücken, doch er sieht unbeeindruckt an Escobar und seinem Sohn hoch und runter.

»Der Einzige, der sich hier ein eigenes Grab schaufelt, bist du, wenn du mich noch einmal so von der Seite ansprichst.«

Escobars Männer treten weiter vor und ziehen ihre Waffen. »Hör zu, Fuego, ich weiß, dass du immer der wichtigste Mann der Familia warst, aber dir fehlt das Gefühl dafür, Geschäfte zu machen. Was willst du tun, wenn dir die Waffen ausgehen? Du löst unsere Geschäfte auf und vernichtest Chile. Raphael wusste wenigstens, wie er mit guten Männern umzugehen hat und …«

Alle Männer hier haben gute Reflexe und sind wachsam, doch Thiago war schon immer schnell, und bevor Escobar den Satz zu Ende sprechen kann, hat Thiago seine Waffe gezogen und hält sie ihm an die Stirn. Nun haben sie die Aufmerksamkeit der meisten Partygäste.

Esau hinter ihm flucht. Er spürt seine Männer in seinem Rücken. Marco richtet seine Waffe auf Thiago, doch er beachtet all das nicht, sondern sieht Escobar unbeirrt in die Augen.

68

»Raphael war sicherlich einiges, doch er hat sich selbst falsch eingeschätzt, was ich nicht tue. Ich brauche dich und deine beschissene Familia nicht, also verzieh dich und tritt mir nicht mehr unter die Augen, ansonsten können deine Männer ...«

»Hey, hey, hey, Männer ... Ich habe meinem Vater gesagt, dass es heikel werden könnte, so viel Testosteron in einem Raum, doch wir wollen alle einmal ausatmen und daran denken, warum wir hier sind. Escobar, mein Vater wollte dir jemanden vorstellen. Er wartet am Pool.«

Ayla drängt sich zwischen Thiago und Escobar. Sie sieht Thiago bittend in die Augen. Es gehört eine Menge Mut dazu, sich zwischen zwei so mächtige und wütende Männer zu stellen, was zeigt, wer Ayla ist und was sie gewohnt ist.

Thiago lässt Escobar und seine Männer nicht aus den Augen, doch Escobar hebt nur seinen Finger. »Ein anderes Datum, ein anderer Ort, aber das hier ist noch nicht das Ende.« Er bedeutet seinen Männern, die Waffen einzustecken, und Thiago lächelt.

»Ich hoffe darauf.«

Escobar und seine Männer drehen sich um und gehen weiter in den Garten hinaus.

»Willkommen auf der Party, Fuego!« Ayla trägt ein hautenges, rotes Kleid, passend zu ihrem roten Lippenstift. Sie sieht umwerfend aus wie immer und funkelt ihn aus ihren dunklen Augen an, bevor sie den anderen hinter ihm zunickt.

»Danke für die Einladung, Ayla.«

Sie lächelt. »Der Abend hat gerade erst begonnen. Denkst du, du wirst es schaffen, unsere Gäste am Leben zu lassen?«

Thiago steckt seine Waffe weg. »Ich kann nichts versprechen.«

Aylas Blick wandert zu Dallas, der lacht und den Arm um Thiago legt. »Wir sehen, was wir tun können, doch hey, so kommt wenigstens etwas Stimmung auf. Sieh doch, die Ecuadorianer haben alles genau beobachtet und wissen nun, was passiert, wenn man den

Fuegos in die Quere kommt.« Er zwinkert den Männern zu, und Ayla seufzt leise, bevor Dallas Thiago zu einem Tisch bringt, an dem sie sich alle verteilen.

Normalerweise setzt Thiago sich niemals mit dem Rücken zu so vielen Leuten, die ihm nicht alle etwas Gutes wollen, doch er weiß, dass Esau und Saul, die ihm gegenübersitzen, alles im Blick behalten. Es setzen sich die Bolivianer und dann auch die Familia aus Costa Rica zu ihnen. Sie erzählen ihnen, was zwischen ihnen und Escobar vorgefallen ist, bis Aylas Vater und Arturo auf der Bühne stehen und ihre Gläser in Richtung ihrer Gäste heben.

»Willkommen, Freunde. Es ist uns eine besondere Ehre, das 100-jährige Bestehen unserer Familia mit euch zu feiern.«

Aylas Vater sieht sich um, und einige der Gäste versammeln sich um die Bühne. »Damals waren es einfache Geschäfte und der Drang, mehr zu erreichen, der dazu geführt hat, dass der Name meiner Familie größer wurde. Ich war stolz, all das weiterzuführen und nun dabei zuzusehen, wie mein Sohn die Familia stärker werden lässt. In den letzten Wochen haben wir einige Pläne geschmiedet, um hier in Lateinamerika die Uhren neu zu stellen. Es wird Zeit für Veränderungen, und wir möchten, dass ihr alle ein Teil davon werdet. Doch nun lasst uns erst einmal feiern. Ihr werdet zudem alle noch ein Geschenk erhalten. Seht es als Zeichen des Respekts an und als den guten Willen für eine zukünftige Zusammenarbeit.«

Thiago sieht auf sein Handy. Es ist schon spät, er hat nicht gemerkt, wie schnell die Zeit vergangen ist. Sie sitzen schon eine Weile hier, und sobald Arturo und sein Vater die Bühne verlassen, tritt die Band wieder an und stimmt das Lied 100 AÑŌS an. Wunderbar, ganz wunderbar.

Die hübschen Frauen gehen herum und verteilen Schachteln. Zu ihnen kommt Ayla, setzt sich auf Thiagos Schoß und sieht zu seinen Männern. »Jede Familia bekommt eigentlich ein Geschenk.« Sie legt acht Schachteln auf den Tisch. »Ich hoffe, ihr versteht damit, wie wichtig ihr uns seid.« Eine öffnet sie und legt Thiago eine goldene Rolex um, die eine Fahne von Mexiko im Ziffernblatt hat. »Mein Vater möchte euch sprechen, kommt mit!«

So kommen sie wenigstens schnell wieder hier raus. Thiago bleibt neben Ayla, Elam geht neben ihnen, die anderen dahinter.

»Genauso hübsch wie dein Bruder, aber du wirkst friedlicher, habe ich recht?«, fragt Ayla an Elam gewandt.

Elam nickt nur leicht und lächelt. Er scheint nicht sehr interessiert, sich mit Ayla zu unterhalten. Sie gehen an den Wachen vorbei nach oben, ins obere Stockwerk, wo Ayla sie zu einem Büro bringt.

Vor einem alten Kamin sitzt ihr Vater an einem massiven Schreibtisch, daneben ihr Bruder und vier weitere Männer, so etwas wie der innere Kreis der Familia.

»Fuego, wie schön, dich mal wiederzusehen. Mein Sohn hat dich als Einzigen persönlich aufgesucht, um dir unsere Einladung zu übermitteln. Ich hoffe, das zeigt dir, wie sehr wir uns über dein Kommen freuen.« Der Vater reicht ihm die Hand, Thiago schüttelt sie und stellt kurz seine Männer vor. Nur Dallas kennt Aylas Vater noch von damals.

Nach der kurzen Begrüßung setzen sie sich alle, und Thiago blickt von Arturo zu seinem Vater. Ayla stellt sich neben die beiden und zwinkert ihm zu.

»Ich schätze eure Einladung, wobei ich nicht genau weiß, ob es nur um dieses Fest geht oder ob ihr mir noch etwas anbieten wolltet.«

Der Vater lächelt. Er hat bereits graue Haare und einige Altersflecken auf der Stirn, doch man sieht ihm an, dass er noch ganz genau weiß, was er tut.

»Weißt du, mit Raphael damals haben wir uns immer gut verstanden. Es gab keine Probleme, hin und wieder hat man ein Geschäft zusammen gemacht und ist immer respektvoll miteinander umgegangen. Ich bin mir sicher, das wird auch mit dir so sein. Nun ist sehr viel passiert. Unsere alten Freunde sind nicht mehr länger an unserer Seite. Raphael war immer sehr klar auf der Seite der Da Silvas, da konnte kommen, was wolle. Mein Sohn glaubt, dass das auch bei dir der Fall sein wird.«

Er sieht Thiago in die Augen. »Aber ich denke das nicht. Ich habe dich beobachtet, Fuego. Damals schon. Du bist härter, anders. Dich verbinden nicht diese alten Zeiten mit Puerto Rico wie Raphael.«

Thiago muss an Jemina und seinen Patensohn denken. Offenbar haben die Mexikaner ihre Arbeit nicht so gut gemacht, wie sie sollten, doch er verzieht keine Miene und lässt Aylas Vater weitersprechen.

»Du baust dir alles neu auf, und du gehst dafür über Leichen. Ich bin mir sicher, dass du mit den richtigen Leuten an deiner Seite alles erreichen kannst, und du wirst gute Leute zu schätzen wissen. Du weißt, was dir richtige Geschäfte und gute Freundschaften bringen.«

Der alte Mann sieht einen Moment zu Ayla, die weiter zu Thiago blickt.

»Für mich gibt es nur die Fuegos. Alles andere ist Nebensache«, sagt Thiago.

Aylas Vater und Arturo lächeln.

»Weißt du, das Problem hier in Lateinamerika ist, dass wir alle im Schatten des kleinsten Landes stehen: Puerto Rico. Es wird Zeit, dass sich das ändert. Mit dir als unseren Partner an unserer Seite werden wir all das übernehmen, was momentan noch unerreichbar für uns ist. Wir überlassen dir Amerika und den unteren Teil Lateinamerikas. Doch die Macht, die jetzt in Puerto Rico liegt, werden wir uns teilen. Nichts kann uns dann noch stoppen. Ich hoffe, dir ist klar, von wie viel Geld und Macht wir hier sprechen.«

Thiago muss sich zusammennehmen, um sein Pokerface aufrecht zu erhalten. Er hebt nur leicht die Augenbrauen. »Ich muss gestehen, dass ich darüber noch niemals nachgedacht habe, doch jetzt, da ihr es sagt … Es wäre eine Menge Geld und Macht. Ich bin nicht Raphael, wie du es richtig erkannt hast. Die Fuegos sind eine neue Familia, und alles, was uns interessiert, ist unsere Familia. Wir gehen nicht den alten Weg Raphaels weiter. Ich denke, das weißt du.«

Arturo nickt. »Das, was ihr in Chile getan habt, schnell ohne Gnade, war beeindruckend. Ihr werdet gute Partner an unserer Seite sein.«

Elam beugt sich vor und ergreift das Wort. »Das hört sich gut an, doch werdet ihr nicht die Einzigen sein, die daran gedacht haben. Wie wollt ihr eine Macht wie Puerto Rico zu Fall bringen?«

Der alte Mann lehnt sich in seinem Stuhl zurück und faltet die Hände im Schoß. »Wir können noch keine Details sagen, dazu müssen wir erst wissen, wer an unserer Seite steht. Doch wir planen einen Schlag, den niemand auf dieser Welt jemals vergessen wird. Wir wissen, dass man dafür zuallererst das Herz herausreißen muss, sie so hart treffen, dass sie auf dem Boden kriechen. Später folgt alles, was drumherum steht.«

Sofort muss Thiago an den Angriff auf sie denken. Genau das ist ihnen passiert, und nun muss er sich wirklich zusammennehmen, um ruhig zu bleiben.

»Ihr wisst sicherlich, dass ich meine Männer habe, die solche Sachen überprüfen und abwägen. Sobald das passiert ist, melde ich mich bei euch und teile euch meine Entscheidung mit.«

Aylas Vater nickt. »Noch ist Zeit, wir sammeln die Front und stellen sie auf. Sei dir sicher, dass du auf der Seite der Gewinner stehen wirst. In einem Monat stehen alle Pläne. Als Zeichen meines Vertrauens schicke ich Ayla zu dir, die deine Meinung einholen wird. Danach wird alles sehr schnell gehen.«

Thiago sieht zu Ayla und nickt. »Tu das. Ich werde mich um deine Tochter kümmern.« Er steht auf, sie reichen sich die Hände und verlassen zusammen mit Ayla das Büro wieder.

Sobald sie draußen sind, wendet sich Saul zu ihm um. »Der Flieger wartet auf uns.« Seine Männer gehen vor, und Ayla hält Thiago am Arm zurück.

»Denk über das Angebot meines Vaters nach, Fuego. Glaub mir, niemand kann dir das bieten, was Mexiko dir bieten kann.« Sie gibt ihm einen Kuss auf den Mund und schmiegt sich an ihn, bevor er die Treppen hinuntergeht und seinen Männern nach draußen folgt, wo er sich den Mund abwischt und leise flucht.

»Lasst uns hier verschwinden.«

»Verfluchte Mexikaner!«

Thiago nimmt die Uhr ab und wirft sie auf den Tisch im Garten. Dabei ist er vorsichtig, sich nicht zu viel zu bewegen, denn er hält Copan in seinem Arm. Der Kleine ist an seiner Schulter eingeschlafen, nachdem sie angefangen haben, zu erzählen, was in Mexiko passiert ist.

Sie sind statt nach Honduras direkt nach Puerto Rico geflogen und sitzen nun mit Dario, Diego, Nicky und Adrian im Garten. Jemina und Dania bereiten etwas zum Frühstück zu. Es ist noch früh am Morgen. Sie haben Mexiko in der Nacht verlassen. Während des Fluges haben sie etwas geschlafen.

Er wollte nicht, dass Jemina etwas von alldem erfährt, nicht, bevor es nicht Diego und Dario wissen. Dario nimmt die Uhr in die Hand, die anderen haben ihre Uhren auf dem Weg zum Flughafen aus dem Fenster geworfen. Die Finder werden glücklich darüber sein.

Die Mexikaner haben sie falsch eingeschätzt. Die Fuegos gehen über alles, doch sie wissen Loyalität zu schätzen und sie bindet mehr an Puerto Rico, als Worte es jemals beschreiben könnten.

Dario wirft die Uhr zurück auf den Tisch und sieht von Dallas zu Thiago. »Wir haben schon länger gewusst, dass ein Angriff kommen wird, doch wir dachten, wir hätten mehr Zeit. Das Wichtigste ist es, diesen Angriff nicht hier stattfinden zu lassen, wir sind schon am Planen. Auch Kuba und ein paar andere haben sich gemeldet und uns gewarnt, aber ich bin mir sicher, dass die meisten zugesagt haben, die Mexikaner zu unterstützen.« Er deutet auf die Uhr. »Wir haben großen Respekt vor unserer Freundschaft, und ich muss dir sagen, dass ich dir niemals vergessen werde, dass du hier bist, statt dir dieses Angebot durch den Kopf gehen zu lassen. Arturo hat recht, es gibt einige, die eingeknickt wären.«

Thiago streicht über Copans Rücken und sieht Diego in die Augen. »Für uns seid ihr nun ein Teil unserer Familie. Jemina gehört zu euch. Damit gehört ihr zu uns, und das wird sich niemals ändern.«

Diego nickt, und Dario atmet erschöpft aus. »Wie gesagt, wir planen bereits einiges, doch nun haben wir weniger Zeit. Mexiko anzugreifen, wird schwer. Das Land ist groß und die Kaberanos haben viele Männer. Zudem müssen wir immer mit einem Gegenangriff rechnen. Wir brauchen aber jeden Mann und können all das hier nicht genug schützen. Diego und ich haben bereits besprochen, dass wir Daria, Jemina und Eleonora und unsere Kinder heimlich zu euch bringen wollen, während wir angreifen. Dort sind sie am sichersten. Wir vertrauen euch.«

Thiago räuspert sich. Dieser Vertrauensbeweis wiegt schwer, schwerer als alles andere. »Ich werde meine besten Männer bei ihnen lassen, und niemand wird an sie herankommen. Ich und die anderen Männer werden an eurer Seite sein. Wir helfen euch, das Problem Mexiko aus dem Weg zu schaffen.«

Nun hebt Dario die Augenbrauen und lächelt. »Das hört sich gut an. Somit stehen wir noch besser da. Und wenn wir Mexiko unter Kontrolle haben, könnt ihr es gern übernehmen. Wir wollen mit diesem Land danach nie wieder etwas zu tun haben.«

Der Plan der Mexikaner wird aufgehen, doch genau in die andere Richtung. Aber auch, wenn hier am Tisch die stärksten Mächte Lateinamerikas sitzen, wissen sie alle, dass dieser Kampf einer der allerschwersten sein wird, den sie alle jemals geführt haben.

Kapitel 9

»Achtung!«

Esau und Dallas schießen auf die Scheiben, und alle treten zwei Schritte zurück.

Hermes schickt zwei Leute zu den Scheiben und hebt anerkennend die Augenbrauen. »Ich muss sagen, ich bin begeistert. Wie hast du das hinbekommen, Thiago? Ich hatte wirklich schon viele Waffen in der Hand, aber das sind die besten. Und sie sind sehr leicht, sie stören kaum in der Hose oder in der Hand. Vergleich sie mal mit meiner alten.«

Er reicht Thiago eine seiner produzierten Waffen und ein älteres Modell.

»Wir haben alle unsere alten Pistolen weggepackt und nutzen nur noch unsere eigenen. Ich hatte die ganze Zeit die Vision, solche Waffen herzustellen. Dafür haben wir uns viel informiert, und es waren drei Profis hier, die mit uns zusammengesessen und unsere Maschinen eingestellt haben. Ich habe dir doch gesagt, dass unsere Qualität die beste sein wird. Wenn ich etwas mache, dann richtig!«

Hermes nickt, und auch sein Bruder sieht sich die Waffen begeistert an.

Thiago ist seit einer Woche aus Puerto Rico zurück und seitdem hat sich vieles getan. Er hat bei seiner Ankunft schon die erste ihrer selbst produzierten Waffen in der Hand gehabt. Seine Männer wollten ihn überraschen, sie haben mit den Bauarbeitern die Nächte durchgearbeitet und die Maschinen aufgebaut. Auch wenn noch immer an der Fabrik gebaut wird, können sie bereits produzieren. All die Nächte, die er mit Loris und Elam wachgeblieben ist und geplant hat, haben sich am Ende ausgezahlt.

Thiago wird das Gefühl und den Stolz in seinem Herzen, der sich gebildet hat, als er das erste Mal seine selbst produzierte Pistole in den Händen gehalten hat, niemals vergessen.

Sie sind leicht, präzise und liegen perfekt in der Hand. Sie haben fast drei Tage lang alle ihre Waffentypen auf Herz und Nieren getestet und auch eine Kiste nach Puerto Rico geschickt, damit die Da Silvas sich ihre Ware ansehen und ihre Meinung sagen. Die sind so begeistert, dass sie mehrere Kisten bestellt haben. Durch Dario haben auch die Kolumbianer von ihrer Fabrik gehört und sind heute Morgen angekommen.

Sie haben zusammen gegessen und haben sie durch ihr Gebiet geführt. Nun sind sie bei den Lagerhallen, wo die bereits produzierten Pistolen auch gleich getestet werden können. Dafür haben sie hier eine Schießanlage aufgestellt.

Thiago ist zufrieden. Seitdem er zurück ist, hat er nicht einmal ihr Gebiet verlassen. Er hat sich voll und ganz auf die Fertigstellung der Lager und der Fabrik konzentriert und hatte damit alle Hände voll zu tun. Auch Bolivien hat sich schon wegen der Waffen gemeldet. Solche Neuigkeiten sprechen sich in Lateinamerika schnell herum, was gut ist, aber gleichzeitig auch bedeutet, dass sie gerade viel zu tun haben.

Der Angriff auf ihr Gebiet hat sie knapp zwei Wochen zurückgeworfen, und Thiago ist froh, dass sie das so gut wieder aufholen konnten.

Heute kann er endlich die Früchte all dieser Arbeit ernten. Er mag Hermes und hat sich gefreut, als er sie wegen der Waffen kontaktiert hat und auch gleich vorbeigekommen ist. Sie fliegen heute Nacht noch nach Brasilien, der Markt, an dem Kolumbien sein meistes Geld verdient. Davor wollte er sich die Waffen ansehen.

Als er jetzt zufrieden die neue Pistole in seinen Hosenbund steckt und Thiago die Hand hinhält, ergreift er sie. »Wir werden all unsere Männer mit euren Waffen ausstatten. Lasst uns einen Deal vereinbaren. Nach Puerto Rico rüstet ihr nun auch Kolumbien aus, und ich bin mir sicher, bei dieser Qualität werden wir nicht die Letzten sein.«

Thiago deutet zu ihren Häusern. »Dann lasst uns die Details besprechen und noch ein wenig feiern. Ich bin mir sicher, dass Kolumbien und Honduras nun ähnlich wie Puerto Rico und wir zusammenarbeiten werden.«

Hermes' Männer laden die Kisten, die bereits in ihren Lagern stehen, in ihre Wagen, während Hermes, sein Bruder und zwei seiner Cousins mit Thiago, Esau, Elam und Dallas in den Besprechungsraum gehen, um die nächsten Lieferungen und Zahlungen auszuhandeln. Da sie alle davon ausgehen, dass sie in Zukunft mehr zusammenarbeiten werden, gewährt Thiago ihnen Sonderkonditionen.

Es dauert bis in den Abend hinein, bis sie alles festgelegt haben, und als sie dann aus dem Gemeinschaftshaus hinaustreten, liegt schon der Geruch von Fisch und Reis in der Luft. Im Garten sind riesige Pfannen mit Paella über mehreren Feuerstellen aufgehängt, es wird laut Musik gespielt und auch einige Frauen laufen schon herum oder schwimmen im Pool. Thiago legt den Arm um Hermes. »Und nun zum schönsten Teil an Honduras.«

Thiago und seine Männer haben die letzten Tage nur trainiert und gearbeitet. Jetzt ist es auch für sie endlich mal an der Zeit, abzuschalten und wieder etwas Freizeit zu genießen.

Sie setzen sich an einen Tisch und essen zusammen. Hermes und Thiago sprechen über Mexiko. Auch Hermes ist zu der Familia-Feier eingeladen gewesen, doch er ist nicht dorthin gefahren.

Es gesellen sich drei Frauen zu ihnen an den Tisch. Eine Blondine sitzt sehr schnell auf Hermes' Schoß. Thiago weiß, dass Hermes seit einigen Jahren eine feste Freundin hat, zumindest wird das erzählt. Und tatsächlich flirtet er ein wenig mit der Frau, aber er zeigt schnell, dass er kein größeres Interesse hat und die Frau landet bei seinem Bruder auf dem Schoß.

Neben Thiago sitzt eine dunkelhaarige Schönheit. Sie lauscht ihrem Gespräch, ihre Hand liegt auf seinem Oberschenkel und streift seine Mitte hin und wieder, doch auch er reagiert kaum auf sie.

Je später der Abend wird, desto träger werden sie alle. Sie trinken und rauchen etwas und die Stimmung wird immer entspannter. Als Hermes und seine Männer sich schließlich verabschieden, um nach Brasilien weiterzufliegen, bleiben die meisten Männer der Fuegos im Gemeinschaftshaus, und auch Thiago kehrt dorthin zurück, nachdem er Hermes und seine Männer zu deren Autos begleitet hat.

Er spielt noch einige Runden Karten mit Mikail und Elam. Sie trinken weiter, die Stimmung wird ausgelassener und man merkt den Männern die Erleichterung an.

Sie sind angekommen.

Die schwere Anfangszeit liegt hinter ihnen, sie haben schnell und hart klargemacht, wer sie sind und wo sie in Lateinamerika stehen. Thiago ist mit dem Ziel hergeflogen, noch erfolgreicher als damals zu werden, nun stellt er zufrieden fest, dass ihm das rascher gelungen ist, als er es gedacht hat. Nun steht auch Chile unter ihrer Kontrolle und bald auch El Salvador. Sie werden sich um Mexiko kümmern, und sie haben schon jetzt Waffendeals, die ihnen Millionen einbringen werden. Das erste Mal atmet Thiago wirklich frei aus. Es ist kein Vergleich dazu, wie er sich nach dem Angriff gefühlt hat, und er ist froh, dass er so unnachgiebig gehandelt hat.

Es könnte alles perfekt sein.

Er sieht auf seine Männer und die vielen Frauen. In seinem Kopf dreht es sich schon leicht, und er steht auf. Das unruhige Gefühl, was in seinem Herzen summt, erinnert ihn immer wieder daran, dass es nicht perfekt ist. Er hat viel zu viel getrunken und geraucht. Die Frau war wieder bei ihm, doch er hat sie nicht weiter beachtet, weil er weiß, dass das nur Gefühle in ihm auslöst, die er so gut er kann von sich zu schieben versucht, was ihm leider nur mit mäßigem Erfolg gelingt.

Es ist viel zu warm.

Thiago zieht sein Shirt aus und knöpft die Hose auf. Es waren die ganze Zeit Leute im Pool, doch mittlerweile haben sich viele auf die Zimmer zurückgezogen. Als Thiago jetzt in den Pool springt, ist er allein. Der Pool am Gemeinschaftshaus ist so lang, dass der hintere Teil bereits kaum mehr beleuchtet ist, und als er dort wieder auftaucht, spürt er, wie benebelt er vom Alkohol ist.

Er hört, dass er nicht allein ist. Von zwei Seiten kommen Frauen zu ihm geschwommen. Die dunkelhaarige und eine rothaarige Schönheit mit kurzen Haaren. Jede von ihnen hat damit gerechnet, ihn im Pool für sich allein zu haben, doch es stört sie nicht weiter, dass sie nicht als Einzige diese Idee hatten. Beide kommen an seine Seiten, während er sich auf eine Stufe in der hintersten Ecke des Pools setzt.

»Den ganzen Abend hast du mich kaum beachtet. Du bist doch nicht vergeben, Fuego, oder?« Die Dunkelhaarige lässt ihre Finger über seine Brust streichen.

Auch die Rothaarige ist nun bei ihm, und ihre Hände legen sich auf seine andere Brust. »Ich habe gehört, dass Fuego ein genießender Single ist. So ist es doch, oder?« Ihre Lippen streifen seine Schulter, während die Dunkelhaarige sich halb auf ihn setzt und ihre Mitte über seine Erregung streicht.

»Ich denke, genießen können wir das alle ...« Verdammt, es ist nichts in Ordnung. Er hat wieder Alma vor seinem inneren Auge. Es ist fast so, als würde es ihm unter normalen Umständen einigermaßen gelingen, die Gedanken an sie zu verdrängen, doch sobald er einer anderen Frau zu nahekommt, beginnt er, jede verdammte Kleinigkeit mit Alma zu vergleichen.

Als hätte sich all das viel zu tief in seinem Herzen festgesetzt, und das erschreckt ihn. Noch niemals in seinem Leben ist ihm das passiert. Dass er jede Nähe mit Frauen mit dem vergleicht, was er und Alma hatten, und es ihn trifft, dass nichts da herankommt. Wenn er wirklich geglaubt hatte, er hat sein Leben im Griff, dann nur, weil er diesen Teil davon so gut es geht verdrängt, bis er es eben nicht mehr schafft, und das passiert genau jetzt wieder.

Er flucht und greift der Dunkelhaarigen unter ihr Bikinioberteil, während er die andere Hand auf den Po der Rothaarigen legt.

Auch ihre Hände gehen auf Erkundungstour, doch sobald Thiago den Kopf nach hinten legt und die Augen schließt, sieht er die schönen, braunen Mandelaugen und das Lächeln von Alma vor sich und flucht erneut.

»Entschuldigt mich, macht weiter, habt euren Spaß, aber ich muss etwas klären, bevor ich noch komplett durchdrehe.« Er sieht den beiden die Enttäuschung an, doch er macht sich los und schwimmt zurück.

»Eine reicht wohl nicht mehr?« Mikail lacht, und Thiago schnappt sich seine Hose.

»Ich bin weg.«

Unter den verwunderten Blicken seiner Männer verlässt Thiago in Boxershorts den Garten, doch nicht in Richtung der Straße. Stattdessen geht er am Strand entlang zu seinem Haus, damit er Ruhe hat. Der Alkohol brennt in seinem Körper, und die Erkenntnis, dass das mit Alma ihn nicht loslässt, macht ihn wütend, weil er damit nicht umzugehen weiß. Wütend, weil, egal wie sehr er es versucht, er nicht dagegen ankommt. Thiago hat sonst auf alles eine Antwort. Er kann nicht glauben, dass ihn das zwischen ihm und Alma so aus der Bahn wirft.

Er sucht aus seiner Jeans sein Handy und wählt ihre Nummer, sobald die Musik, die vom Gemeinschaftshaus herüberschallt, nicht mehr so laut zu hören ist. Es dauert ein wenig, bis die verschlafene Stimme ertönt, die immer wieder in seinem Unterbewusstsein nachhallt. Ständig gehen ihm die Worte ihrer letzten

Auseinandersetzung auf dem Feld durch den Kopf, und er ist viel zu wütend, um darauf Rücksicht zu nehmen, dass sie für all das Gefühlschaos in ihm nichts kann. Sie ahnt noch nicht einmal etwas davon, obwohl sie der Hauptgrund ist.

»Weißt du, ich wünschte wirklich, du könntest für ein paar Stunden in meine Haut fahren, und dann will ich sehen, ob du noch einmal behauptest, du würdest mir nichts bedeuten.« Thiagos Stimme ist rau und wütend, und einen Moment ist es ruhig in der Leitung, bis Alma sich leise räuspert.

»Thiago?«

Er lacht. »Wer sonst? Weißt du, mir vorzuwerfen, dass ich dir das mit Rosa und meinem Sohn hätte früher sagen sollen, ist das eine. Doch ...«

Sie unterbricht ihn verwundert. »Bist du betrunken?«

Er sieht noch einmal auf das Meer und betritt dann seinen Garten. »Noch nicht genug.«

Sie haben sich seit ihrem Streit auf dem Feld nicht mehr gesehen. Thiago hat vorne Bescheid gegeben, dass sie ihn anrufen sollen, wenn sie kommt. Alma war das letzte Mal auf ihrem Gebiet, um die Felder abzuernten, als sie aus Puerto Rico zurückgekommen sind, sodass er sie an dem Tag nicht gesehen hat.

Ihr Vater war jeden zweiten Morgen zum Fischen hier und hat auch immer ein paar Früchte abgeerntet. Es gibt jedoch noch viele reife Früchte, davon hat Thiago sich selbst überzeugt und hat geglaubt, sie müsste jeden Tag kommen, was sie allerdings nicht getan hat. Gestern hat er sogar kurz mit dem Gedanken gespielt, die Früchte zu ernten und ihr in den Laden zu bringen, hat diesen Einfall jedoch schnell wieder verworfen.

»Was willst du, Thiago? Gab es nicht genug Spaß und Ablenkung auf euren legendären Partys?«

Auch sie hört sich sauer an, was Thiagos Wut ein klein wenig mindert. Er weiß, dass er sie verletzt hat.

»Es gibt dort nichts, was ich will. Nichts, was mich das vergessen lässt, was zwischen uns war. Und glaube mir, Alma, ich will das wirklich gern vergessen und weitermachen.«

Nun lacht sie bitter auf. »Es ist drei Uhr nachts, Thiago, und du rufst an, um mir zu sagen, dass du uns nicht vergessen kannst und es aber unbedingt willst? Geh schlafen und werde nüchtern, und dann kannst du gucken, ob du mir immer noch etwas zu sagen hast oder ob gerade nur der Alkohol aus dir spricht.«

Sie legt auf, und Thiago starrt wütend auf das Handy. Diese Frau treibt ihn in den Wahnsinn. Sie hat keine Ahnung, was für einen inneren Kampf er ihretwegen mit sich selbst austrägt.

Er schiebt die Terrassentür auf und betritt das Haus. Er schaltet das Licht ein, bereut es aber sogleich und knipst es wieder aus.

Müde geht Tiago nach oben in sein Schlafzimmer, streift sich die nassen Boxershorts von den Beinen und legt sich aufs Bett.

Seine Lider fallen sofort zu. Er reibt sich über den Nasenrücken und atmet tief aus, bevor er zu seinem Handy greift und doch noch einmal die Augen öffnet.

Er tippt eine Nachricht in sein Handy, bevor er endgültig aufgibt und in einen tiefen Schlaf gleitet.

'Du fehlst mir.'

Kapitel 10

Das Erste, was Thiago wieder wahrnimmt, sind verschiedene Geräusche, die in seinem Kopf widerhallen. Er hört Stimmen von draußen, die Männer scheinen zu trainieren, und dann erst bemerkt er, dass sein Handy klingelt.

»Ja?« Er setzt sich auf, wobei seine Schulter knackt. Es ist hell im Zimmer, er muss vergessen haben, die Jalousien herunterzufahren.

»Hier ist Miguel. Ich wollte dir nur Bescheid geben, dass Alma gerade zu den Feldern gefahren ist.«

»Okay, danke. Wie spät ist es?« Thiago steht langsam auf.

»Kurz nach zehn. Heute werden die neuen Männer, die Esau und Saul ausgewählt haben, das erste Mal mit uns trainieren.«

Auch das hat er vergessen. Er bedankt sich und geht unter die Dusche, um wach zu werden. Verdammt, er hatte sich gestern überhaupt nicht mehr unter Kontrolle. Er weiß, dass ihn das mit Alma mehr trifft, als er es für möglich gehalten hätte. Nicht erst seit gestern ist ihm klar, dass er das mit Alma klären muss. Noch ist das letzte Wort zwischen ihnen nicht gesprochen, zumindest von seiner Seite aus.

Er weiß, dass es dauern wird, bis Alma mit dem Ernten fertig ist. Deswegen macht er sich fertig, zieht sich seine Trainingsshorts und ein Shirt über, trinkt einen Schluck Kaffee und isst ein Croissant, erst dann geht er zu den Feldern. Nach seinem gestrigen Anruf wird er sich so oder so zum Hampelmann machen. Da muss er nicht sofort losstürmen, sobald sie sein Gebiet betritt.

Als er bei den Feldern ankommt, ist der Truck bereits gut gefüllt und daneben steht wieder einer der bunt gemischt gefüllten Körbe, der sicherlich für die Familia gedacht ist. Die Felder sehen wieder leerer aus, sie hat sich offenbar bemüht, so schnell sie kann hier fertig zu werden.

Ein Blick auf Alma genügt, und Thiago weiß wieder genau, wieso er sie nicht vergessen kann. Sie trägt eine enge, schwarze Hose und ein hellblaues Top, dazu einfache Flipflops. Man kann durch das Top ihren BH erahnen, und Thiago denkt an die zarte Schrift auf ihren Rippen, die ihn immer zum Lächeln gebracht hat, wenn er ihren Körper erkundet hat.

Sie ist wunderschön. Die Spitze ihres Zopfes, den sie sich beim Ernten immer bindet, berührt, wenn sie die Bäume hochblickt, ihren Po, ihre Haut glänzt wie Honig in der Sonne. Ihr feines Profil lässt sein Herz schneller schlagen. Als sie sich unsicher auf die Lippe beißt, während sie etwas abwägt, muss er schmunzeln. Er muss an den süßen Leberfleck unter ihren Lippen denken, und als er in dem Moment in ihre großen, braunen Mandelaugen blickt, weiß er, dass es schon viel zu spät ist, um das mit Alma einfach von sich zu schieben. Sie bedeutet ihm bereits viel zu viel.

»Wieder nüchtern?« Sie hebt ihren letzten Korb hoch und kommt zu ihm.

Er hat nicht einmal nachgesehen, ob sie ihm auf seine Nachricht heute Nacht geantwortet hat. »Ja, einigermaßen. Ich wollte dich nicht so spät anrufen und auch nicht so angehen, aber ...«

Alma geht an ihm vorbei und stellt den Korb auf die Ladefläche. »Ist schon in Ordnung. Ich konnte in den letzten Tagen eh schlecht schlafen und lag noch halb wach. Ich bin froh, dass du so wenigstens mal ein wenig zu deinen Gefühlen ... stehst und zeigst, dass dir nicht alles egal ist.«

Thiago stellt sich zu ihr, um zu verhindern, dass sie zurück aufs Feld geht, und sieht ihr in die Augen. »Hast du das wirklich gedacht, Alma? Dass du mir egal bist?«

Sie weicht seinem Blick nicht aus. »Was sollte ich sonst denken? Du hast alles dafür getan, dass ich es glaube.«

Er liebt es, ihr in die Augen zu sehen. Es gibt ihm das Gefühl, tief in ihre Seele eintauchen zu können und er liebt es, dass sie nach allem seinem Blick auch nicht ausweicht. Er sieht, dass auch ihr das zwischen ihnen nicht egal ist. Deswegen greift er nach ihrer Hand und stellt erleichtert fest, dass sie es zulässt. »Komm mit mir.«

Zusammen gehen sie am Strand entlang zu den Grabstätten. Er spürt Almas Zögern, als er sie in das weiße Gebäude führt. Sie atmet leise aus. Er weiß, wie erschreckend es ist, auf all die Namen zu sehen, immer wieder aufs Neue. Sie setzt sich auf die Bank zwischen all den Gräbern und bekreuzigt sich, genau wie Thiago es tut.

»Ich war nur wenige Monate mit Rosa verheiratet, und sie war im fünften Monat schwanger. Es wäre ein Junge geworden … Ich war glücklich damals. Ich denke, dass man mich heute kaum noch mit dem Thiago von damals vergleichen kann. Ich hatte noch diese Leichtigkeit, ich konnte genießen, und ich habe das Leben nicht so ernst genommen, wie ich es heute tue. Das Leben mit einem Mann einer Familia ist niemals leicht. Wir sind immer in Gefahr, es kann uns immer etwas passieren. Doch wir haben dafür gesorgt, dass unsere Frauen und Kinder in Sicherheit sind … Dachten wir zumindest.«

Wie sehr er sich wünscht, damals mehr getan zu haben. Das er das alles hätte verhindern können.

»Eine kleine Familia aus El Salvador hat schon längere Zeit Pläne geschmiedet, und wir haben mitbekommen, dass sie einiges planen, auch gegen uns. Wir hatten sie auch schon länger im Auge und wollten uns darum kümmern, doch erst hatten andere Geschäfte Vorrang. Uns war nicht bewusst, dass sie längst Verräter in unsere Familia geschleust hatten. Nur so sind sie an Informationen gekommen, die sie sonst nicht gehabt hätten.«

Thiago atmet tief aus. Jetzt, da er von alldem erzählt und auf die vielen Namen hier blickt, kommt alles wieder in ihm hoch. »Sie hätten nicht wissen dürfen, dass wir unsere Frauen und Kinder in ein Haus am Meer gebracht hatten. Dort haben wir sie in Sicherheit geglaubt, das Gebiet war besser zu schützen, doch sie wussten all das und kamen mitten in der Nacht vom Meer. Damit haben wir nicht gerechnet.«

Alma sieht ihn unverwandt an, und er wünschte, er müsste sie nicht dorthin mitnehmen, doch wenn sie verstehen will, wieso er nun so vor ihr sitzt, muss er es tun. »Deswegen schützt du dieses Grundstück jetzt auch mit den Wachanlagen im Meer?«

Thiago sieht zu Raphaels Grab.

»Ja, niemand kommt mehr auf dieses Gebiet. Beim letzten Angriff hatten sie nur das Glück, dass wir noch nicht alles fertiggestellt hatten. So etwas wird nie wieder passieren. Damals wussten wir das nicht. Die Frauen und die Kinder hatten keine Chance … Sie sind mit mehreren Booten gekommen, mitten in der Nacht. Sie haben Feuer gelegt und alles erschossen, was sie vorgefunden haben. Im Schlaf … alle, Frauen und Kinder, ohne Erbarmen. Ich werde den Geruch von verbrannter Erde, der uns dort nach unserer Rückkehr erwartet hat, nie wieder vergessen können. Nur eine Tochter des damaligen Anführers haben sie mitgenommen. Alles, was sie wollten, war, dass wir eine unbändige Wut bekommen und unüberlegt handeln. Das haben sie geschafft. Wir sind sofort aufgebrochen. Wir hatten uns aufgeteilt. Ich bin mit Dallas und Miguel von einer anderen Seite gekommen, und hätten Dallas und er nicht solch einen klaren Kopf behalten, wäre auch ich nicht mehr am Leben. Sie haben die meisten unserer Männer überrumpelt und getötet. Wir mussten uns zurückziehen, einen Plan schmieden und dann erneut angreifen.

Wir haben all das gerächt, doch von unserer Familia sind nur noch eine Handvoll Männer übriggeblieben und eine Frau. Sie wurde befreit und lebt nun mit ihrem Mann in Puerto Rico. Die Frau, die du damals schwanger bei mir gesehen hast: Jemina. Wir alle haben die, die wir so geliebt haben, die unsere Familien waren, unsere Frauen und Kinder verloren. Nachdem wir sie hier beerdigt haben, haben wir alle das Land verlassen. Wir konnten nicht mehr hier leben.

Es hat lange gedauert, knapp zwei Jahre, bis ich mich so weit gefangen hatte, dass ich wusste, dass das hier alles ist, was ich will.

Das hier ist mein Land, Alma, die Fuegos meine Familia, mein Name, ich habe beschlossen, zurückzukommen und alles wieder aufzubauen. Und nun stehen wir hier, es ist alles zurück, erfolgreicher als vorher, doch das bedeutet nicht, dass das hier nicht passiert ist.«

Er deutet zu den Gräbern und sieht die Tränen in Almas Augen.

»Das tut mir so leid, Thiago. Ich wusste nicht, wie schrecklich das damals war.«

Er sieht zum Grab von Rosa und seinem Sohn.

»Ich hätte dir davon erzählen müssen, da hast du völlig recht. Doch ich wollte nie wieder jemanden an mich heranlassen. Nie wieder, dass jemand, den ich liebe, meinetwegen in Gefahr gerät. Als ich dann hierherkam und das Feuer gesehen habe und nicht wusste, wo du bist, hat es sich angefühlt, als würde ich das Gleiche noch einmal erleben.«

Er sieht wieder zu ihr.

»Ich wollte dich damals nicht so von mir stoßen, doch ich wusste nicht, was ich sonst tun sollte. Ich habe nicht damit gerechnet, dass ich dich treffen würde, Alma. Ich hatte alles durchgeplant und durchdacht, doch mit dem, was sich zwischen uns aufgebaut hat …«

Sie hören, wie Leute sich nähern.

Alma lächelt matt und kämpft gegen die Tränen an.

»Ich habe auch nicht damit gerechnet, Thiago.«

»Machst du schon schlapp?« Thiago stemmt die Hände in die Hüfte.

»Schon? Ich habe dich zweimal überholt.« Elam liegt neben ihm im Sand und atmet tief aus. »Esau übertreibt es langsam mit diesen Strandeinheiten, ich spüre meine Beine kaum noch.« Aus den Boxen der Anlage, die im Sand steht, treibt 'Down on me' von 50 Cent alle Männer an.

Saul kommt zu ihnen und deutet zu den neuen Männern. Es sind zehn, doch nur fünf haben Thiago überzeugt. »Was denkt ihr?«

Thiago deutet auf die fünf Männer, die ihn beeindruckt haben und Saul lächelt. »Genauso sehen Esau und ich es auch. Wir lassen sie auslaufen, bringen sie zurück und sagen es ihnen.«

Thiago nickt. »Okay, ich gehe duschen und komme mit.« Die Männer sind gut, und er möchte die Neuen selbst in der Familia begrüßen.

In seinem Haus sieht er das erste Mal auf sein Handy, seitdem er heute Morgen sein Haus verlassen hat. Alma und er wurden vorhin bei den Grabstätten unterbrochen, als die Männer sich zum Training versammelt haben. Sie haben nicht besprochen, wie es jetzt weitergehen soll, doch Thiago wird dafür sorgen, dass sie das so schnell wie möglich tun werden. Schon jetzt geht es ihm viel besser, und er fühlt, dass einige Steine von seinem Herzen gefallen sind. Als er jetzt in seine Nachrichten blickt, sieht er, dass Alma ihm nachts noch geantwortet hat.

'Du fehlst mir auch, doch es bringt nichts, wenn dich diese Tatsache noch so wütend werden lässt.'

Er lächelt und gibt endgültig auf. Er wird zumindest versuchen, eine Lösung mir ihr zu finden. Allein die letzten Stunden haben sich so viel besser angefühlt als alles in den Tagen vorher.

'Hast du Zeit, heute Abend mit mir essen zu gehen?'

Er schickt die Nachricht ab und geht duschen. Danach zieht er sich eine graue Jogginghose und ein weißes Shirt über und beeilt sich, zu den Autos zu kommen, um Saul und Esau zu begleiten. Auf der Straße trifft er auf Esau, der offenbar auch duschen war. Er blickt auf sein Handy, doch Alma hat noch nicht geantwortet. Sie gehen zum Wachhaus, wo Saul und die neuen Männer bereits auf sie warten.

Im selben Moment, als sie dort ankommen, hält schlitternd ein Auto bei ihnen, und Alegra, Almas Freundin, steigt mit hochrotem Kopf aus.

»Ich wusste nicht, was ich tun sollte. Es sind Polizisten gekommen und haben uns aus Almas Laden geschmissen. Nun halten sie sie und ihren Vater dort gefangen, und keiner von uns kann zu ihnen rein. Ich habe Alma schreien gehört und dachte, dass, wenn einer etwas tun kann, dann ihr und bin sofort her gerast. Ich habe ja keine ...«

Thiago flucht. »Was für Polizisten? Was wollen sie von Alma und ihrem Vater?« An der Panik in Alegras Augen erkennt er, wie ernst die Lage sein muss.

»Ich weiß es nicht, sie haben nichts gesagt. Doch sie waren sehr brutal. Irgendetwas ...«

Thiago steigt in Sauls Wagen und gibt sofort Gas. Saul hat es noch geschafft, mit einzusteigen. Thiago sieht im Rückspiegel, dass ihnen noch ein Auto folgt. Er rast in Richtung Stadt.

»Was will die Polizei von ihr?« Saul sieht genauso konzentriert auf die Straße wie er.

»Ich weiß es nicht, manchmal suchen sie sich ein paar Läden aus und machen Stress, um Geld einzutreiben, oder wenn jemand anderes den Laden haben will und sie die Besitzer vertreiben wollen. Ich dachte eigentlich, dass die Polizei hier so etwas nicht macht, aber offenbar versuchen sie das gerade. Sie machen den Leuten Angst und bedrohen sie.«

Saul nickt. »Stimmt, davon habe ich gehört. Dann hoffen wir, dass sie sich nicht zu sehr einschüchtern lassen, bis wir kommen ...«

Thiago hat ein verdammt ungutes Gefühl. Er rast durch die Straßen und fährt über zwei rote Ampeln, bevor er vor Almas Laden hält. Der Truck steht davor, doch keine Polizeiautos, dafür steht die Tür offen.

In dem Geschäft erwartet ihn und Saul das Chaos. Das hier ist mehr als nur ein Einschüchterungsversuch. Kein Regal steht mehr, alle Gemüseablagen liegen umgekippt auf dem Boden, die Scheiben der Kühltheke sind zerschlagen.

»Alma?«

Thiago hört von oben Stimmen. Er bemerkt, dass Esau und Alegra hinter ihm eintreten, sowie zwei ihrer Männer, die gerade am Wachhaus eingeteilt waren.

Thiago rennt die Treppe nach oben, wo er ein ebensolches Durcheinander vorfindet. Er sieht in die Schlafzimmer, in denen die Betten umgeworfen sind, und findet dann im Bad Alma auf dem Boden liegend vor. Neben ihr hocken Isabel und eine ältere Frau, die Alma davon abhalten wollen, aufzustehen.

Thiago stockt, als er auf Alma blickt. Sie blutet aus der Nase, ihre Wange ist gerötet und an der Seite aufgeplatzt. Sie trägt nur ihren BH, ihr Körper ist überall rot und voller Striemen, als hätte jemand mit einem Gegenstand auf sie eingeschlagen. Da sieht er neben ihr ein Tischbein liegen und flucht laut. Sie ist brutal zusammengeschlagen worden, und obwohl Thiago schon so viel gesehen hat und dachte, ihn würde nichts mehr erschrecken, braucht er einen Moment, bis er wieder reagieren kann.

»Ich muss ...« Ihre schwache Stimme lässt ihn wieder klar denken. Er kniet sich zu ihr, die beiden Frauen machen ihm Platz. Thiago hilft Alma, ihren Oberkörper anzuheben. Sie sieht ihm erschöpft in die Augen, und er erkennt einen Hauch von Erleichterung aufblitzen. »Thiago … ich muss …« Sie muss starke Schmerzen haben. Er streicht ihre Haare aus dem Gesicht, vorsichtig, um ihr nicht wehzutun.

»Was ist hier passiert, Alma?« Er hört selbst, dass seine Stimme vor Wut zittert.

Isabel, die noch neben ihnen sitzt, hält ein Tuch an die blutende Wunde an Almas Kopf. »Wir wissen es nicht, wir waren gerade hier, um Gemüse für das Heim abzuholen. Die Frau hier war noch mit im Laden, um Fisch zu kaufen. Auf einmal ging die Tür auf und fünf Polizisten kamen herein. Sie haben uns rausgeschmissen, einer ist zu Alma und hat sie an den Haaren nach oben gezogen. Doch wir konnten nichts tun, denn ein Polizist hat die Tür bewacht. Und da wir ja nicht die Polizei rufen konnten, ist Alegra losgefahren und hat euch geholt. Nach ein paar Minuten ging die Tür wieder auf, und die Polizei kam mit Almas Vater raus. Sie haben ihn vor sich her gestoßen und mitgenommen, und wir sind in den Laden und haben sie ohnmächtig hier vorgefunden. Wir haben ihr gesagt, sie soll liegen bleiben. Vielleicht hat sie innere Verletzungen. Wir haben schon einen Krankenwagen gerufen und …«

Alma kommt nach und nach wieder zu Kräften und sucht verzweifelt seinen Blick. »Er ist hier, Thiago, es ist Jakop! Er hat mich gefunden, und er hat meinen Vater. Er sagt, dass er ihn einsperrt, bis …«

Thiago atmet tief aus. Jetzt versteht er alles. Ihr Ex-Freund hat all das hier verursacht. Alma schluchzt laut auf. Alegra hat nasse und trockene Handtücher geholt, und Isabel legt sie Alma an die blutende Nase, dabei verzieht Alma schmerzvoll das Gesicht. Eines der trockenen Tücher legt sie ihr über ihren Oberkörper.

»Was hat er getan, Alma? Wo hat er dich noch verletzt? Wo haben sie deinen Vater hingebracht?«

Man sieht, dass Almas Kreislauf noch nicht stabil ist, doch sie scheint zu begreifen, dass sie sich beeilen müssen. »Er hat den anderen Polizisten gesagt, dass wir gesucht werden und hat mir gesagt, dass er meinen Vater so lange im Gefängnis lässt, bis ich mit gepackten Koffern auf der Wache bin. Ich muss sofort dahin, ich muss ihn ...«

Thiago nimmt Almas Gesicht zwischen seine Hände. Er spürt, wie seine Hände zittern. Hatte er noch irgendwelche Zweifel, etwas für sie zu empfinden, wären sie hiermit zunichte gemacht.

»Ich hole ihn. Lass dich untersuchen. Ich komme mit deinem Vater zu dir ins Krankenhaus. Höre auf deine Freunde und leg dich wieder hin, ich kümmere mich darum.«

Alma setzt sich noch weiter auf. »Nein, das ... Er ist Polizist, du ... Ich muss dahin. Wer weiß, was sie mit meinem Vater anstellen, ich ...«

Thiago sieht ihr in die Augen. »Vertrau mir, Alma. Ich kümmere mich darum.«

Das Blut auf ihrem Gesicht wird mit dicken Tränen vermischt. Sie schließt einen Moment die Augen und flüstert leise: »Er hat ihn. Schon wieder muss er meinetwegen leiden, Thiago.«

Er küsst Alma auf die Stirn. Thiago kennt ihre Geschichte, er weiß, was damals alles passiert ist. »Ich gehe ihn jetzt holen und du lässt dich untersuchen.« Er sieht zu seinen beiden Männern. »Bleibt hier, sorgt dafür, dass sie ins Krankenhaus gebracht wird und niemand mehr an sie herankommt.«

Sie nicken, und er läuft mit Saul und Esau die Treppe hinunter zu Sauls Wagen. Seine Gedanken überschlagen sich, während sie die drei Straßen bis zur Polizeiwache rasen. Wie hat ihr Ex sie gefunden? Er weiß, wie viel Angst sie vor ihm hat und wie gut sie sich hier vor ihm versteckt hat. Er ist Esau und Saul dankbar, dass sie ihm gerade keine Fragen stellen, sie werden spüren, wie wütend Thiago ist. Er weiß, dass sie ihm immer den Rücken freihalten werden, auch ohne die genauen Hintergründe zu kennen.

94

Sobald ihr Wagen hält, springt er heraus und geht in die Polizeistation, wo zwei Polizisten am Empfangstresen überrascht zu ihm aufblicken. »Fuego, was …?« Sie alle wissen, dass er und der Polizeipräsident keine Probleme miteinander haben. Sie ahnen nicht, wie schnell sich das nun ändern kann.

»Wo ist der alte Mann, den ihr gerade hergebracht habt?«

Sie deuten nach hinten. »Er ist in die Arrestzelle gebracht worden. Was hast …?«

Er achtet nicht weiter auf die beiden, sondern stößt die Tür zu einem hinteren Bereich auf, wo mehrere Polizisten an Schreibtischen sitzen, sich unterhalten oder etwas besprechen. Thiago zieht seine Waffe und schießt in die Decke. So zieht er innerhalb einer Sekunde alle Aufmerksamkeit auf sich.

»Welche Polizisten waren gerade beim Einsatz im Gemüseladen dabei?«

Es ist mucksmäuschenstill. Dann melden sich drei Polizisten. Neben ihnen steht ein Mann, der auch seine Waffe gezogen und auf ihn gerichtet hat. Der Einzige im Raum, was ihm zeigt, dass er nicht von hier ist.

»Wir … waren das. Ein Kollege aus Barado ist heute angekommen. Er hat gesagt, dass er die neuen Besitzer sucht und Verstärkung braucht. Sie werden seit mehreren Jahren gesucht und müssen zurückgebracht werden, um dort vor Gericht gestellt zu werden.«

Thiago lacht bitter. »Holt den Mann aus der Zelle!«

Einer der Polizisten eilt in den anderen Bereich, während Thiago auf den Mann zugeht, der noch immer seine Waffe auf ihn gerichtet hält. Er kennt ihn aus Almas Beschreibungen. Er weiß, was er ihr und ihrem Vater alles angetan hat, wie sie versucht haben, vor ihm zu flüchten, und was für eine Angst er ihnen gemacht hat.

»Du bist also Jakop, ja? Traust du dich, herzukommen und Alma selbst bis hierher zu verfolgen? Hast du es so nötig, dich an Frauen zu vergreifen? Jetzt hast du die Chance, dich gegen einen richtigen Gegner zu messen. Weißt du, wer ich bin?« Er erkennt, dass Jakop Bescheid weiß, jedoch nicht damit gerechnet hat, dass er sich einmischen würde.

»Zeig mir, was für ein Mann du bist. Statt dich an einem alten Mann und einer Frau zu vergreifen, leg dich mit mir an. Deine letzten Atemzüge sind so oder so gezählt. Für alles, was du Alma angetan hast, für jeden Kratzer, den sie davongetragen hat, werde ich dich leiden lassen. Aber ich gebe dir jetzt die Chance, dich zu wehren.«

Nun mischen sich die Polizisten neben Jakop ein. »Wir wussten nicht, dass Alma zu dir gehört und dass du ...«

Das macht Thiago noch wütender. »Und wenn nicht? Dann hört ihr auf so einen verrückten Kerl, der sie jahrelang misshandelt hat, ohne einmal nachzufragen, und liefert sie ihm aus? Schlagt alles in dem Laden kaputt, hier in eurer Stadt? Ihr alle kennt Alma und ihren Vater und habt nicht einmal gezögert? Ihr nehmt einen alten Mann fest? Ohne Beweise? Glaubt mir, das werde ich noch mit eurem Chef klären, aber erst einmal kümmere ich mich um dich, du verdammter Bastard, und ...«

Der Polizist kommt mit Almas Vater zurück. Er humpelt, hat eine Platzwunde am Kopf und sieht sich ängstlich um. Auch vor ihm haben sie keinen Halt gemacht.

Thiago schießt Jakop ins Bein, noch ehe jemand anderes reagieren kann.

Jakop schreit auf. »Verdammt, warte, warte ... Ich ... ich weiß, dass ... verdammt! Alma hat dich genau wie mich eingewickelt. Ich weiß, wie sie einen verrückt machen kann. Doch glaube mir, diese Frau ist wie ...«

Thiago geht zu ihm und schlägt ihm die Waffe aus der Hand, die Jakop kaum noch aufrecht halten kann, weil er sich an sein blutendes Bein fasst. Er schlägt ihm ins Gesicht und weiß, dass das hier erst der Anfang ist.

»Das wird das letzte Mal gewesen sein, dass du ihren Namen in deinen Mund genommen hast.«

Kapitel 11

»Schaffen Sie das?«

Die Krankenschwester, die bei ihr geblieben ist, hält ihr ihre Hände hin, und Alma nimmt diese Hilfe dankbar an. Sie hat komplett das Zeitgefühl verloren. Sie weiß noch, wie sie hier angekommen ist. Sie wurde geröntgt und zig anderen Untersuchungen unterzogen. Sie hat starke Schmerzmittel bekommen, da sie die Untersuchungen sonst nicht ausgehalten hätte, und da ist sie dann auch das erste Mal ein wenig zur Ruhe gekommen.

Mittendrin ist ihr Vater hereingekommen. Alma hat vor Erleichterung nicht aufhören können, ihn zu umarmen, auch wenn ihr das wieder sehr wehgetan hat. Ihr Vater hat ihr erzählt, dass Jakop ihn geschlagen und ihm auf dem Weg zur Polizeiwache zugeflüstert hat, was er alles mit Alma tun wird, wenn sie drei erst von hier weg sind.

Alma hat noch immer eine Gänsehaut. Sie hatte all das so weit verdrängt, wie sie konnte. Es hat ewig gedauert, bis sie aufgehört hat, sich auf der Straße umzusehen, nachdem ihr Vater und sie Jakop endlich entkommen sind und hier ein sicheres Versteck gefunden haben. Deshalb haben sie so lange direkt am Meer gewohnt, so abgelegen wie nur möglich. Auch wenn es jetzt schon so lange her ist, hat Alma immer geahnt, dass Jakop sie noch sucht. Sie wollte es nicht glauben, hatte gehofft, dass er sie nach all der Zeit vergessen hat, doch sie hat viel zu lange seinen Wahn miterlebt, um das wirklich glauben zu können.

Es wurde besser, Alma hat sich wohler gefühlt, nicht sicher, aber sie hat angefangen, freier zu leben. Sie konnte wieder beruhigt schlafen, ist nicht bei jedem Geräusch wachgeworden, und besonders in der Zeit, die sie mit Thiago zusammen war, hat sie sich sicher gefühlt.

Nun weiß sie, dass das ein Fehler war. In dem Moment, als sie aufgeschreckt ist und zu den Polizisten geblickt hat, hat sich alle Sicherheit, die sie glaubte, sich aufgebaut zu haben, innerhalb weniger Sekunden in Luft aufgelöst. Sie war starr vor Schock und Angst, bis sie nach all der Zeit das erste Mal wieder Jakops Faust in ihrem Gesicht gespürt hat. Er hat sie an den Haaren die Treppe hochgezerrt und als ihr Vater dazwischengehen wollte, hat er auch ihn geschlagen.

Jakop hat sie ins Bad geworfen und wütend alles kaputtgeschlagen, was nicht niet- und nagelfest war. Dabei hat er sie angeschrien, dass er wüsste, dass er sie finden würde, und Alma weiß auch genau, wie er sie gefunden hat. All die Jahre hat sie alles getan, um nicht aufzufallen, sich nicht registriert, nichts angegeben, doch als sie den Laden übernommen haben, hat sie ihre Daten angeben müssen. Deswegen hatte sie damit immer wieder gezögert, doch dann hat sie sich letztendlich gedacht, dass es nun schon so lange her ist und es nur ein kleiner Eintrag ist. Jakop würde garantiert nicht jede Datenbank nach ihr absuchen. Doch offenbar hat sie sich getäuscht, sein Wahnsinn hat in all der Zeit nicht nachgelassen.

Er hat den Polizisten unten Anweisungen gegeben, alles kaputtzuschlagen, dass all das ihm gehören würde, da sie ihm Geld gestohlen haben. Nichts sollte mehr übrig sein von dem, was Alma sich hier aufgebaut hat. Dann hat er sich zu ihr gebeugt, ihr das Top vom Körper gerissen, versucht, sie zu küssen, und hat sie gleichzeitig immer wieder geschlagen, wenn er ihre Abneigung gespürt hat. Alma hat geschrien, gefleht, sie zu lassen, nach den Polizisten geschrien, um ihnen alles zu erklären. Doch das hat ihn so wütend werden lassen, dass er das Stuhlbein eines zertrümmerten Stuhles genommen und damit zugeschlagen hat.

Danach weiß Alma nicht mehr viel. Irgendwann kam einer der anderen Polizisten und hat Jakop davon abgehalten, noch weiter zu schlagen. Jakop hat ihr eine halbe Stunde Zeit gegeben, ihre Sachen zu packen und zum Polizeirevier zu kommen. Er würde ihren Vater so lange einsperren, und wenn sie nicht sofort packen und dorthin kommen würde, würde er anfangen, ihn dafür zu bestrafen.

Dann wurde es ruhig. Alma hat es nicht geschafft, ihre Augen zu öffnen. Doch sie wusste, dass sie Jakops Forderungen nachkommen muss. Das waren keine leeren Drohungen. Jakop hat es so gemeint, wie er es gesagt hat. Er würde all seine Wut an ihrem Vater auslassen, und das konnte sie nicht zulassen.

Sobald sie ihre Augen wieder öffnen konnte, wollte sie los. Doch da waren schon Isabel und alle anderen da. Dann kam Thiago und hat ihr versprochen, sich um alles zu kümmern. Das war das erste Mal, als Hoffnung in ihr aufgekeimt ist. Sie kennt Thiagos Macht, doch sie weiß auch, wie mächtig Jakop und die Polizei sind. Sie will Thiago nicht auch noch da mit hineinziehen, doch er hat ihr keine Wahl gelassen und war weg, bevor sie ihn daran hindern konnte.

Die Ambulanz traf ein, und sie wurde ins Krankenhaus gebracht. Erst als ihr Vater kam, hat sie langsam wieder atmen können. Ihr Vater hat ihr versichert, dass es ihm gut geht. Er hat einen Schlag abbekommen, und die Ärzte haben auch ihn zu Untersuchungen mitgenommen. Davor hat er ihr noch gesagt, dass einer von Thiagos Männern ihn hergebracht hat und Thiago mit Jakop weggefahren ist.

Mehr weiß sie bis jetzt nicht. Nach den Untersuchungen hat die Krankenschwester sie hergebracht. Sie hat sich all das Blut abgewaschen und sich ein frisches Top angezogen, was ihr Alegra gebracht hat, und auch ihre Hose gegen eine einfache rosa Baumwollshorts getauscht. Sie fühlt sich etwas besser, auch wenn ihr das Laufen schwerfällt.

Alma sieht im Spiegel, dass sie noch sehr blass ist. Man sieht ihr den Schock an. Die Schwellung an der Wange ist durch die Kühlung zurückgegangen. Die Platzwunde an der Stirn hat aufgehört zu bluten, und sie spürt auch langsam, welche Stellen am Körper am meisten wehtun.

»Alma?« Die Stimme ihres Vaters lässt sie aufschrecken. Sie geht zusammen mit der Krankenschwester zurück in das Untersuchungszimmer. Sobald sie ihren Vater mit einem Pflaster auf der Stirn vor sich sieht, beginnt sie erneut, erleichtert zu weinen, und liegt in seinen Armen. »Es tut mir so leid, Papa. Was haben die Ärzte gesagt, was dir fehlt?«

Ihr Vater küsst ihren Scheitel. Erst da bemerkt sie, dass Gabriella da ist. Die Frau, mit der ihr Vater sich in den letzten Wochen immer wieder getroffen hat und mit der sie erst letzte Woche zusammen zu Mittag gegessen hat, um sie offiziell kennenzulernen. Er muss sie angerufen haben.

»Dir muss gar nichts leidtun, Princesa. Ich habe geahnt, dass wir ihn eines Tages wiedersehen würden. Wenn, dann tut es mir leid, dass ich nicht verhindern konnte, dass er dir ein weiteres Mal weh tut. Aber das ist jetzt vorbei, Alma. Es hat so gutgetan zu sehen, was für eine Angst Jakop hatte, als Thiago vor ihm stand. Thiago hat mir gesagt, dass er sich um alles kümmern wird. Jetzt wird alles gut. Jakop wird dir nie wieder zu nahe kommen.«

Alma kann das nicht glauben, doch sie will ihren Vater auch nicht beunruhigen und nickt nur leicht, bevor auch Gabriella sie einen Moment in den Arm nimmt. »Was sagen die Ärzte?«

Alma setzt sich auf die Liege. Es ist anstrengend, zu lange zu stehen. »Ich warte noch auf die Ergebnisse, das kann sicher etwas dauern, es wurden viele Untersuchungen gemacht.«

Ihr Vater sieht sich nach einem Stuhl um. »Okay, dann warten wir. Ich habe nur eine leichte Gehirnerschütterung. Die Wunde am Kopf wird von allein abheilen.«

»Wollen sie dich zur Beobachtung hierbehalten?«, fragt Alma.

Ihr Vater bedeutet Gabriella, sich zu setzen, und nimmt ebenfalls Platz. »Nein, ich soll mich nur zwei Tage ausruhen.«

Gabriella lächelt. »Ich war früher Krankenschwester und habe gesagt, dass ich mich um ihn kümmern werde. Ich nehme ihn mit zu mir, und auch du kannst mitkommen. Dann könnt ihr beide erst einmal zur Ruhe kommen. Ihr solltet nicht sofort zurück in euer Haus.«

Alma atmet tief durch. »Das können wir auch nicht. Es ist kaum mehr etwas ganz dort. Papa, du siehst sehr erschöpft aus. Du kannst schon mit Gabriella fahren und dich ausruhen. Das hier kann noch Stunden dauern. Wahrscheinlich werden sie mich ohnehin hierbehalten. Ich melde mich, wenn die Ergebnisse da sind. Ich lege mich selbst gleich hin und schlafe ein wenig. Ich habe auch Alegra und Isabel schon nach Hause geschickt. Thiagos Männer sind hier und passen auf. Du brauchst nicht zu warten.«

Die Krankenschwester, die Alma eine Salbe reicht, nickt. »Da hat Ihre Tochter recht. Sie können jetzt nichts tun und Sie sollten sich wirklich ausruhen. Zudem dürfen Sie hier auch nicht länger bleiben, es ist schon viel zu spät für Besuch und wir müssten Sie eh in einigen Minuten wegschicken. Die Männer vor dem Zimmer dürfen nur aus Sicherheitsgründen hierbleiben.«

Man sieht Almas Vater an, dass er sie nicht gern hierlässt, doch als auch Gabriella ihn noch einmal dazu auffordert, mitzukommen, lässt er es zu, doch nur, nachdem Alma ihm verspricht, sich zu melden, sobald sie etwas weiß. Mit den beiden geht auch die Krankenschwester und lässt sie zurück, um nachzufragen, was mit den Ergebnissen ist.

Alma legt sich auf die Liege, die auch als schmales Bett durchgehen könnte. Sie schließt die Augen und spürt ihre Erschöpfung. Doch sobald sie die Augen geschlossen hat, erscheint Jakops Gesicht vor ihr, und sie setzt sich wieder auf. Zu schnell, wie sie schmerzerfüllt feststellt. Sie ist müde, ihr ist bis auf die Knochen kalt. Es ist eine Kälte, die eher aus ihr selbst entsteht, als dass die Nacht zu kühl wäre. Ein Blick auf die Wanduhr verrät ihr, dass es kurz nach Mitternacht ist.

Sie verschränkt die Arme vor der Brust und geht zum Fenster. In dem Zimmer brennen nur einige kleinere Lichter. Sie blickt auf die dunkle Gartenanlage des Krankenhauses hinaus und versucht, die heutigen Erlebnisse zu begreifen, doch das ist unmöglich.

Stimmen auf dem Flur lassen sie zusammenschrecken. Sie dreht sich schnell um, sieht nach, ob irgendetwas in ihrer Nähe steht, was sie zur Verteidigung benutzen kann, doch da geht schon die Tür auf und Thiago tritt zu ihr in den Raum. Erleichterung durchströmt jede Faser ihres Körpers. Er sieht zu der Liege, und dann bemerkt er sie am Fenster und schließt die Tür.

»Wieso liegst du nicht und ruhst …?«

Alma geht schnell zu ihm, und keine Sekunde später liegt sie in seinen Armen. Sie schließt die Augen und spürt, wie sehr sie zittert, als seine starken Arme sie umfassen und er sie an sich drückt.

»Es ist vorbei, Alma. Du brauchst keine Angst mehr zu haben.«

Sie sagt nichts, sie kann nicht. Die letzten Stunden hat sie wie in einer Schockstarre verbracht. Jetzt lässt sie das erste Mal zu, dass sie diese Mauern herunterlässt, die sie nicht vollkommen zusammenbrechen lassen haben, und sie schmiegt sich noch enger an ihn, auch wenn es ihr wehtut. Sie braucht diese Stärke und Wärme von ihm mehr als alles andere in diesem Moment.

Thiago scheint das zu verstehen. Er hält sie, immer wieder spürt sie seine Lippen an ihrem Scheitel und ihrer Stirn. Sie schließt die Augen und fühlt, wie ihr Zittern nach und nach weniger wird und sie in seinen Armen zur Ruhe kommt. Sein Herzschlag beruhigt sie.

Als auch Thiago das spürt, geht er einen Schritt zurück und betrachtet sie. »Dir ist kalt …«, murmelt er. Er hat sich umgezogen, vorhin hat er ein schwarzes Shirt getragen, jetzt trägt er einen wei-

104

ßen Hoodie, den er sich auszieht und Alma überstreift. Er ist ihr viel zu groß, doch die Wärme des Pullovers und Thiagos Geruch hüllen sie ein, und sie schließt einen Moment zufrieden die Augen.

Thiago betrachtet sie weiterhin sorgenvoll. »War der Arzt bei dir? Was sagen sie, was du hast? Was ist mit deinem Vater?«

Alma geht langsam zurück zur Liege, um sich wieder hinzusetzen. Es fällt ihr schwer, länger auf den Beinen zu bleiben. Sie weiß nicht, ob das an ihren Kreislaufproblemen, den Verletzungen oder ihrer Erschöpfung liegt. »Ich habe die Ergebnisse der Untersuchungen noch nicht. Meinen Vater und alle anderen habe ich nach Hause geschickt. Das hier kann noch lange dauern. Er ist bei Gabriella, seiner ... Freundin. Er soll sich ausruhen, er hat eine Gehirnerschütterung. Aber sonst fehlt ihm nichts, außer dass er sich Sorgen macht.«

Thiago ist ihr gefolgt und steht genau vor ihr. Sein Blick schweift besorgt über sie. »Hast du etwas gegessen?«

Alma lächelt matt und muss an ihr Gespräch heute Morgen denken. Sie selbst vermisst Thiago sehr. Nach ihrer Trennung hat sie schneller als ihr lieb war gemerkt, wie viel ihr Thiago bedeutet und dass das zwischen ihnen nicht so einfach wieder vergehen wird. Nicht für sie, nicht, nachdem sie zugelassen hat, dass sie sich Hals über Kopf in ihn verliebt. Doch sie dachte, er würde das nicht so sehen, und sie war so wütend, dass er ihr nicht gesagt hat, was passiert ist, dass er verheiratet war und einen Sohn erwartet hat.

In der letzten Nacht hat sie das erste Mal gehört, wie schwer auch ihm diese Trennung fällt, und sie war wirklich überrascht, als er sie am Morgen mit zum Grab seiner Frau genommen hat.

Jetzt hebt sie die Hand und streicht über einen dunklen Fleck an seiner Augenbraue. Es scheint Erde zu sein.

»Es tut mir leid, dass auch du jetzt noch mit da hineingezogen worden bist. Ich muss ...«

Er unterbricht sie und sieht ihr fest in die Augen. »Dir muss gar nichts leidtun. Es macht mich nur wütend, dass er es noch einmal geschafft hat, dir wehzutun, doch das war das letzte Mal. Er wird dir und deinem Vater nie wieder etwas tun können, hörst du?«

Alma erwidert seinen Blick. »Was bedeutet das? Wie ...?«

Thiago schüttelt leicht den Kopf. »Vertraust du mir? Ich will dich nicht belasten. Du musst keine Details kennen. Aber ich schwöre dir, dass du nie wieder Angst vor Jakop haben musst.«

Sie spürt, wie sie schneller atmet und senkt den Blick. Sie weiß, wer Thiago ist, was diese Worte bedeuten. »Du meinst, du ...«

Er nimmt ihre Hand in seine und verschränkt ihre Finger miteinander. »Er wird dir nie wieder wehtun.«

Alma horcht in sich und wartet darauf, dass sie die Tatsache schockiert oder aus der Fassung bringt, doch das tut es nicht. Die Aussicht, nie wieder Angst haben zu müssen, dass Jakop sie findet, lässt sie freier atmen, und sie sieht wieder nach oben in Thiagos dunkle Augen, deren Blick ein wenig unsicher auf ihr ruht.

»Gut. Das ist gut!«

Ihre Stimme ist fest. Sie wünschte, sie könnte schockierter sein, anders reagieren, doch Jakop hat ihr das Leben zur Hölle gemacht und ihren Vater und sie gebrochen. Die Aussicht, für immer von ihm befreit zu sein, fühlt sich gut an.

Thiago lächelt. Er legt seine freie Hand in ihren Nacken und lehnt seine Stirn an ihre. »Ich weiß, dass zwischen uns noch viel zu klären ist, doch als ich dich heute da liegen gesehen habe ...«

Die Tür wird geöffnet, und der Arzt und zwei Schwestern treten ein und unterbrechen sie.

»Oh, ich wusste nicht, dass Sie nicht allein hier sind. Wir haben die Ergebnisse. Ich bin froh, dass alles gut aussieht, soweit man das sagen kann. Sie haben einige Verstauchungen, Ihr Handgelenk muss verbunden werden und Sie werden einige große blaue Flecken bekommen. Doch es ist nichts gebrochen und Sie haben auch keine inneren Verletzungen. Wir würden Sie gerne noch über Nacht beobachten, aber außer einer Salbe zum Abheilen der Verstauchungen, viel Ruhe und Geduld kann man nicht mehr machen. Sie hatten viel Glück, dass nichts Schlimmeres passiert ist. Wir würden Ihnen dringend raten, die Polizei zu verständigen und ...«

Er sieht zu Thiago, natürlich kennt er ihn, und dieser nimmt die Salbe, die die Krankenschwester zu ihnen bringt, an sich. »Wir haben uns darum gekümmert.« Der Arzt nickt, und Alma steht auf.

»Kann ich auch gehen? Ich würde mich lieber zu Hause auskurieren. Wenn etwas ist, kann ich ja zurückkommen.«

Der Arzt nickt erneut. »Ja, natürlich, wie Sie möchten, aber unterschätzen Sie das nicht. Sie brauchen viel Ruhe. Wir verbinden nur noch Ihren Arm, geben Ihnen noch ein paar Schmerzmittel und dann können Sie gehen.«

Keine zehn Minuten später verlassen Thiago und Alma das Krankenhaus. Sie haben Schmerzmittel und die Salben dabei, ihr Arm ist verbunden und sie ist weitestgehend schmerzfrei, doch unglaublich erschöpft. Der Arzt hat ihnen gesagt, dass die Schmerzmittel schläfrig machen, doch auch so kann sie ihre Lider kaum noch aufhalten.

Thiago hält Almas Hand in seiner und hilft ihr ins Auto. Sobald sie sich in das weiche Leder lehnt, spürt sie, wie dringend sie Ruhe braucht und schließt erschöpft die Augen.

Sie setzt sich erst wieder auf, als ihr bewusst wird, dass in ihrem Haus alles zerstört ist. »Ich kann nicht nach Hause. Vielleicht kannst du mich bei Isabel oder ...«

Thiago sieht zu ihr, und da erkennt sie, dass sie schon fast auf dem Gebiet der Fuegos sind. »Ich nehme dich mit zu mir. Da kannst du dich ausruhen, und ich kümmere mich um dich ... Es sei denn, du hast etwas dagegen.«

Alma lehnt sich wieder zurück. »Nein, habe ich nicht. Danke.«

Sie öffnet die Augen wieder, als sie kurz halten.

»Wie geht es ihr?«, hört sie eine Männerstimme fragen.

Alma sieht zu dem Wachhäuschen, in dem zwei Männer sitzen, doch sie ist zu müde und es zu dunkel, um die Personen zu erkennen.

»Sie hat einige Verstauchungen, doch es wird wieder.« Thiago sagt noch etwas wegen eines Trainings und fährt dann weiter.

Als sie vor seinem Haus halten und Thiago den Motor des Autos ausschaltet, öffnet sie müde die Augen. Er hilft ihr beim Aussteigen, und Alma atmet tief die Luft des Meeres ein.

»Ich habe es so sehr vermisst, nachts hier zu sein.«

Thiago sieht immer noch besorgt zu ihr. »Du bist ziemlich blass, Alma. Geht es? Wenn du Schmerzen hast, hole ich einen Arzt her.«

Sie greift nach seiner Hand, die er ihr hinhält. »Nein, ich muss mich nur hinlegen.«

Er öffnet seine Haustür. Einen Moment überlegt er, doch dann fasst er unter ihre Beine und hebt sie mit einer Leichtigkeit auf seine Arme, als wäre sie eine Feder. Alma legt ihre Arme um seine Schulter und lehnt sich an seine Brust, während er sie die Treppen nach oben trägt. Sie versucht zu protestieren, dass sie das allein schafft, doch ihr Kopf, der sich erschöpft gegen seine Brust lehnt, straft sie Lügen.

Obwohl sie einige Tage zusammen verbracht haben, war Alma bisher immer nur im unteren Bereich seines Hauses. Thiago bringt sie in ein Schlafzimmer, und sobald sie die bequeme Matratze und weiche Kissen unter sich spürt, seufzt Alma zufrieden.

»Ich hole dir etwas zu essen und sage deinem Vater Bescheid.«

Thiago öffnet eines der Fenster weit, und Alma hört das Meer und riecht diesen unvergleichlichen Geruch nach Freiheit und Salz.

Noch bevor Thiago das Schlafzimmer verlassen hat, spürt sie, wie sie in einen tiefen Schlaf gleitet.

Kapitel 12

»Komm her! Du weißt doch ganz genau, dass du mir gehörst. Ich habe dir gesagt, dass du mir niemals entkommen wirst, und nun siehst du es. Was habe ich dir außerdem gesagt, Alma?«

Jakop zieht so stark an ihren Haaren, dass sie es kaum schafft, ihren Kopf zu heben. Sie schreit schmerzerfüllt auf.

Er erhebt sich. »Ich habe dir gesagt, dass ich dich bestrafen werde.«

Alma sieht erschöpft nach oben. Alles tut ihr weh, sie hat keine Kraft mehr. Jakop spuckt vor ihr auf den Boden, während er den Gürtel aus dem Bund seiner Jeans zieht. Er trägt nur ein weißes Unterhemd, das blutdurchtränkt ist. Ist das alles ihr Blut?

Ein Röcheln von weiter hinten lässt sie die Augen schließen. Nein, nein … Sie nimmt ihre verbliebene Kraft zusammen, setzt sich auf und sieht ihren Vater auf dem Boden liegen. Seine Brust senkt und hebt sich kaum. Seine Augen sind geschlossen.

Alma schluchzt auf und will sich zu ihm ziehen, da knallt das Leder des Gürtels auf ihre nackten Beine.

»Ich habe es dir gesagt, Alma: Wenn ich dich finde, wird das böse für euch enden.« Im selben Moment holt Jakop aus und schlägt nach ihrem Vater.

Alma schreit auf, sie entdeckt die Waffe in der Ecke des Raumes auf dem Boden. Sie steht auf, auch wenn sie vor Schmerzen keucht, und rennt in die Ecke, nimmt die Waffe an sich und schießt auf Jakop, ohne auch nur eine Sekunde zu zögern.

Ein lautes Lachen durchdringt den Raum, während Jakop auf sie zukommt. Er blutet aus der Brust, wo sie ihn getroffen hat, kommt aber weiter auf sie zu. Alma drückt noch einmal ab und trifft sein Bein, doch er zuckt nicht einmal mit der Wimper. Er hebt seine Hand mit dem Gürtel, und Alma schießt noch einmal in seine Brust, was ihn nur erneut zum Lachen bringt.

»Du hast nicht die Macht, all das zu beenden, Alma.«

Im selben Moment schnellt der Gürtel auf sie herab und sie schreit auf.

Alma schreckt im Bett hoch und atmet schnell ein und aus. Der Traum war zu real, genau wie auch die anderen in der Nacht. Gott, sie kann nur hoffen, dass das an den Schmerzmitteln liegt, die sie genommen hat. Sie sieht sich um und wird erst nach und nach wirklich wach.

Sie liegt in einem großen, hellen Schlafzimmer. Thiagos Schlafzimmer. Er hat das beendet, was sie wahrscheinlich niemals geschafft hätte. Alma blickt neben sich. Er war auch in der Nacht bei ihr. Alma hat tief und fest geschlafen, doch wenn sie aufgeschreckt ist, war er da, hat sie in den Arm genommen und ihr versprochen, dass alles wieder gut ist.

Nun ist sie allein. Alma lauscht, doch es ist kein Geräusch zu hören. Die Fenster sind geschlossen und die Rollläden halb heruntergefahren, sodass es im Zimmer hell ist, die Sonne Alma jedoch nicht blendet.

Verdammt, was war das gestern? Sie hatte nicht damit gerechnet, Jakop jemals wiederzusehen. Allein der Gedanke, was alles hätte passieren können, lässt sie erneut vor Angst erstarren. Sie darf gar nicht erst in diese Richtung denken, das wird sie sonst in den Wahnsinn treiben.

Alma entdeckt ihr Handy neben dem Bett auf einem weißen Nachttisch. Fast alle Möbel hier im Schlafzimmer sind weiß. In einer Ecke steht ein beigefarbener Ohrensessel, daneben eine Vase mit getrocknetem Pampasgras, sehr edel und alles aufeinander abgestimmt. Sie kann sich nicht vorstellen, dass Thiago das hier

112

allein eingerichtet hat und sich um solche Dinge wie Pampasgras gekümmert hat.

Alma greift nach ihrem Handy. Sie hat Nachrichten von ihrem Vater, Isabel und Alegra. Die Uhr auf dem Display verrät ihr, dass es bereits Mittag ist. Ihr Körper wird diesen Schlaf dringend gebraucht haben, sie erinnert sich daran, wie erschöpft sie in der Nacht war.

Neben ihrem Handy liegt auch ein Zettel, den sie an sich nimmt. 'Bin beim Training und bald zurück. Das Frühstück steht unten.' Alma streicht über den Zettel und legt ihn dann wieder weg. Manchmal spielt das Leben verrückt. Als sie gestern wach wurde, war sie schlecht gelaunt, weil sie wie so viele Nächte davor von Thiago geträumt hat und es sie wütend gemacht hat, dass sie ihn nicht aus ihren Gedanken verbannen kann. Heute liegt sie in seinem Bett, und es ist so viel passiert, dass es für zwei Leben reichen würde.

Sie beantwortet alle Nachrichten, schreibt, dass sie gerade aufgewacht ist und es ihr gut geht und sie sich später melden wird. Ihr Vater fragt, ob er in den Laden fahren und nachsehen soll, was sie dort erwartet, doch Alma schreibt ihm zurück, dass sie das selbst tun wird und er sich weiter ausruhen soll. Es verletzt sie am allermeisten, dass ihr Vater ihretwegen all das durchmachen muss, wegen einer dummen Entscheidung, wegen eines Mannes, den sie in ihr Leben gelassen hat.

Ihr Magen knurrt, sie hat viel zu lange nichts gegessen. Als sie dann langsam ihre Beine aus dem Bett hebt, spürt sie, dass ihre Bewegungen noch immer schmerzen. Natürlich, was hatte sie erwartet? Sie trägt noch immer die kurze rosa Shorts und Thiagos Hoodie und bemerkt zwei große blaue Flecken auf ihren Schenkeln, als sie vorsichtig aufsteht. Einen Moment lang ist ihr schwindelig, doch es vergeht schnell. Wenn sie sich bewegt, spürt sie, wo Jakop sie überall getroffen hat, doch die Schmerzen sind nicht mehr so stark wie gestern. Trotzdem bewegt sie sich langsamer als sonst.

Als Erstes öffnet sie die Jalousien und das Fenster und blickt aufs Meer. Hier geht auch eine Terrasse ab, doch Alma bleibt im Raum. Einen Moment steht sie dort und atmet die Luft tief ein. Sie ist über ein Jahr jeden Morgen direkt am Meer aufgewacht, und es fehlt ihr.

Erst als ihr Magen sich wieder meldet, geht Alma zum Bett zurück. Während sie die Laken aufschüttelt, entdeckt sie unter einem Schreibtisch die Tasche, die Alegra ihr gestern ins Krankenhaus gebracht hat.

Vom Schlafzimmer geht ein Bad ab. Es ist groß und ähnlich ausgestattet wie das Bad, was Thiago in ihrem Haus hat einbauen lassen.

Alma schließt die Tür hinter sich und zieht sich aus. Sie atmet tief ein, bevor sie sich dem Spiegel über dem Waschbecken zuwendet. Sie macht sich auf ein schlimmes Bild gefasst und muss auch wirklich heftig schlucken, als sie sich dann ansieht. Neben den Flecken auf ihren Beinen schlingen sich auch um ihre Rippen und Hüften zahlreiche blaue Flecken. Sie hat Kratzer am Bauch und auch im Gesicht, neben der Platzwunde an ihrer Stirn, die aber schon nicht mehr so rot und geschwollen wie gestern aussieht.

Sie haben es herausgeschafft und sie sind für immer von Jakop befreit, das ist das Wichtigste. Alles andere wird vergehen.

Sie findet ein Shampoo in der Tasche und geht unter die Dusche. Sobald die warmen Strahlen sich über sie ergießen, schließt sie die Augen. Es fühlt sich wunderbar an. Sie wäscht alles, was gestern passiert ist, von sich ab, aber erst nachdem sie zweimal ihre Haare ausgewaschen hat, fühlt sie sich wirklich sauber.

Sonst ist sie schneller im Bad, doch heute kann sich sie kaum von den warmen Wasserstrahlen trennen. Auch als sie sich dann abtrocknet, eincremt und die Salbe auf ihre Wunden aufträgt, nimmt sie sich viel Zeit dafür, um sich nicht zu ruckartig zu bewegen.

In der Tasche befindet sich auch eine dreiviertellange, rosafarbene Jogginghose, die Alma überzieht, dazu ein weißes, einfaches Top. Sie knetet etwas Öl in ihre Haare und lässt sie dann lufttrocknen. Einen Moment denkt sie darüber nach, sich ein wenig zu schminken, doch ihr fehlt die Kraft dazu, deswegen trägt sie nur Wimperntusche auf und verlässt dann das Bad. Sie hat Hunger.

Alma greift nach ihrem Handy und tritt hinaus in den Flur, von dem mehrere Türen abgehen. Ein weicher, heller Teppich ist hier ausgelegt. Es gibt noch ein Stockwerk oben, doch Alma geht die Treppen hinab in den unteren Bereich.

Sie mag die Fliesen, die hier ausgelegt sind, sie sehen sehr edel aus. Auch der Wohnbereich ist in weißen, beigen und hellgrauen Farbtönen gehalten. Er nimmt den größten Teil des unteren Stockwerks ein. Wenn man ihn betritt, befindet sich rechts eine Essecke mit einem langen Tisch und einigen Sideboards und links eine Kochinsel vor einer Küchenzeile. Zwischen der Küche und den verglasten Terrassentüren, von denen aus man auf den Garten und das Meer sehen kann, befindet sich eine riesige graue Wohnlandschaft mit einem großen Marmortisch. Es gibt einen Fernseher und einige Regale, die aber fast leer sind. Über einem Sideboard hängen vier Bilder, die schon immer Almas Aufmerksamkeit auf sich gezogen haben, doch sie hat sie bisher nie lange betrachten können.

Zunächst zieht es sie jedoch in die Küche. Auf der Kochinsel steht ein Korb mit Croissants, Baguettes und Muffins. Alma isst ein Croissant, ohne sich die Mühe zu machen, im Kühlschrank nach Belag zu schauen. Hier steht auch eine große Kaffeemaschine. Sie drückt auf einen der Knöpfe und stellt ein Glas unter den Ausguss. Wenig später erhält sie einen herrlich duftenden Latte. Auch ein Teller mit geschnittenen Früchten steht bereit. Sie isst

Ananas und Orangen, dann nimmt sie sich einen der leckeren Muffins, ihren Latte und geht zu dem Sideboard.

Neben den großen Bildern an der Wand stehen auch einige kleine in silbernen Rahmen auf dem Board, doch zuerst sieht sie sich all die Männer auf den Bildern an. Ein Bild scheint älter zu sein und zeigt zahlreiche Männer. Thiago sieht anders aus, freier, er lacht aus vollem Herzen, neben ihm steht ein Mann, den sie früher öfter mal in den Nachrichten gesehen hat. Es ist Raphael, der damals die Familia angeführt hat. Auch Dallas erkennt sie auf dem Bild, ebenso Mikail, ansonsten kaum jemanden. Dieses Bild muss entstanden sein, bevor dieser schreckliche Angriff stattgefunden hat. Als Alma begreift, dass fast alle Männer auf diesem Bild tot sind, muss sie einmal tief einatmen.

Auf einem weiteren Bild befindet Thiago sich mit anderen Männern in einem Club. Er trägt Jeans und ein Shirt. Alle Männer auf dem Bild sind attraktiv, doch Thiago sticht trotzdem aus allen hervor. Sie muss lächeln, er ist solch ein hübscher Mann. Egal, wann sie ihm begegnet wäre, er wäre ihr immer sofort aufgefallen. Von allen Männern strahlt er am meisten Macht aus, auch wenn er auf den Fotos freundlich wirkt. Zumindest viel freundlicher als bei ihrer ersten Begegnung. Trotzdem hat er diese dunkle Aura der Macht um sich herum. Sie sieht in seine Augen und erkennt, dass die Kälte zu jener Zeit noch nicht vorhanden war.

Er hat sich vom Äußeren her nicht viel verändert, abgesehen davon, dass er heute breiter und durchtrainierter ist. Die größte Veränderung ist die Kälte in seinem Blick.

Es gibt ein weiteres Bild. Ein Bild der neuen Familia. Wenn Alma die Familia-Bilder damals und heute vergleicht, sieht sie, dass sie jetzt kaltblütiger und viel gefährlicher wirken. Es steht eine Entschlossenheit in ihren Augen, die selbst ihr, die viele dieser Männer kennt und keinerlei Angst vor ihnen verspürt, eine Gänsehaut bereitet.

Was wäre, wenn sie Thiago damals getroffen hätte, wenn all das nicht passiert wäre und die alte Familia hier noch leben würde? Alma streicht das schnell wieder aus ihren Gedanken. Das ist genauso unsinnig, wie zu fragen: Was wäre, wenn sie Jakop niemals getroffen hätte, ihre Mutter nicht so früh gestorben wäre …? Man darf das Leben nicht zu oft hinterfragen, sonst fällt es einem zu schwer, im Hier und Jetzt zurechtzukommen.

Und dann sieht sie es. Neben einigen Bildern, die Thiago als kleinen Jungen mit seinen Brüdern zeigen und einmal auch mit seinen Eltern, zumindest schätzt Alma sie als diese ein, gibt es ein Bild von Thiago mit einer hübschen, dunkelhaarigen Frau. Beide stehen in einer Kapelle, Dallas und eine andere Frau neben ihnen. Thiago und die Frau halten ihre Hände über ihren Bauch. Almas Herz schlägt schneller.

Er hat seine Arme um sie geschlungen und strahlt in die Kamera. Auch die Frau sieht sehr glücklich aus. Sie hat hellbraune Haare und dunkle Augen, eine hübsche Frau. Es ist merkwürdig, sie anzusehen. Es tut Alma weh, zu wissen, dass sie seine Ehefrau war, zu erahnen, wie sehr er sie geliebt hat und gleichzeitig zu wissen, dass sie tot ist und ihr etwas so Schreckliches angetan wurde.

Alma hört die Haustür. Sie könnte das Bild weglegen und so tun, als hätte sie es nicht gesehen, doch das macht sie nicht. Sie behält es in der Hand und sieht weiter darauf, auch als sie hört, wie Thiago den Raum betritt.

»Du bist schon aufgestanden? Ich …« Sein Blick fällt auf den Bilderrahmen in ihrer Hand.

Alma wird die Kälte in seinen Augen, als sie am Grab seiner Frau und seines Sohnes stand, niemals vergessen. Sie sieht ihn an und bemerkt einen Moment lang dieselbe Kälte. Doch dann schließt er eine Millisekunde die Augen, und als er sie dann wieder ansieht, ist die Kälte der Wärme gewichen, die sie immer wieder erlebt hat, wenn sie zusammen waren.

»Ich habe mich nur ein wenig umgesehen. Ich hoffe, du hast nichts dagegen.«

Thiago tritt zu ihr in den Wohnbereich und sieht ebenfalls auf das Bild. Alma spürt, dass ihm das nicht leichtfällt, doch er schaut von dem Foto in ihre Augen. »Nein, das habe ich nicht.«

Sie stellt das Foto zurück und sieht zu den großen Bildern an der Wand. »Ich sehe dich an, und du bist mir so vertraut. Dann blicke ich auf diese Bilder und bemerke einen ganz anderen Mann. Du bist mir auf eine verdrehte Art und Weise vertraut und fremd zugleich. Ich wünschte, du könntest mit mir über damals sprechen, mir von dir und deiner Frau erzählen. Wie lange hat es gedauert, bis sie es geschafft hast, diese Mauer, die du um dich herum aufgerichtet hast, zu bezwingen? Ist das überhaupt möglich?«

Thiago muss spüren, wie verrückt sie all das macht. All die Tage, seitdem sie das von seiner Frau und seinem Sohn erfahren hat, konnte sie nur darüber nachdenken. So sehr sie es auch verdrängen und vergessen wollte, so wütend sie auch war, es ging und geht ihr nicht aus dem Kopf. Sie will es doch nur verstehen.

Ihr Blick gleitet an ihm hinab. Er trägt nur schwarze Shorts und ein rotes Shirt. Seine Haare schimmern feucht, er wird nach dem Training im Gemeinschaftshaus geduscht haben. Er steht vor ihr, so mächtig, so stark, und das Wissen, was für eine Macht er hat, lässt ihr Herz schneller schlagen. Einen Mann wie Thiago Fuego wird man wahrscheinlich niemals wirklich durchschauen können.

Alma rechnet damit, dass er wieder dichtmacht, dass er sie von sich stößt, nur um sie später wieder an sich zu ziehen. Doch dieses Mal sieht sie eine Veränderung in seinem Blick und in seinem ganzen Verhalten.

Thiago betrachtet sie aus seinen schönen, dunklen Augen, und seine Augenbrauen ziehen sich einen Moment nachdenklich zusammen, als würde er abwägen, was er jetzt tun soll. Als er dann zu ihr kommt, nach dem Bilderrahmen greift und sich auf die Lehne des grauen Sessels hinter ihm setzt, lacht er bitter. »Das war kurz nach unserer Hochzeit. Ich weiß, dass dich vieles durcheinanderbringt. Doch du wirst diesen Mann, der hier auf dem Bild ist, nicht mehr mit dem Mann vergleichen können, der jetzt vor dir sitzt, Alma. Dafür ist viel zu viel passiert.«

Sie nickt, dankbar für seine Bereitschaft, endlich mit ihr zu sprechen. »Dann erzähle mir von damals. Erzähl mir, wer da auf dem Bild ist, wie viel von dem Mann noch in dir ist und ob du in der Lage bist, jemals darüber hinwegzukommen, Thiago.«

Kapitel 13

Thiago sieht zu den Bildern an der Wand.

»Damals hatte ich eine andere Einstellung als heute, Alma. Um ehrlich zu sein, hatte ich gar keine. Nicht, was solche Sachen wie Beziehungen, Kinder bekommen oder die Ehe betreffen. Ich habe einfach in den Tag hinein gelebt und mir niemals Gedanken darüber gemacht. Wir waren jung, mächtig und bekannt. Wir haben unser Leben sehr genossen, viel gefeiert und uns keine Gedanken um morgen gemacht.«

Sein Blick fällt auf das Bild, was ihn mit Raphael und der alten Familia zeigt. Obwohl er jetzt seine eigene Familia hat, fehlt ihm diese Zeit noch immer.

»Ich hatte ständig irgendwelche Frauen und nicht vor, etwas Ernsteres mit einer anzufangen. Irgendwann hat Dallas eine Frau öfter getroffen als üblich. Er mochte sie und hat mich ein paar Mal mitgenommen und sie ihre Freundin Rosa. So haben wir uns kennengelernt. Wir waren hin und wieder zu viert unterwegs. Es war nicht so, dass ich mich Hals über Kopf in Rosa verliebt hätte, ich mochte sie und wir hatten … Spaß miteinander.«

Thiago sieht zu Alma. Es fällt ihm sehr schwer, über seinen Schatten zu springen und in diese Zeit zurückzukehren, all das vor ihr offenzulegen, doch er weiß, dass es an der Zeit ist. Er muss mit ihr darüber reden. Das wusste er schon, als er sie mit zum Grab von Rosa genommen hat. Er hat Alma von sich gestoßen, um sie vor diesem Leben zu schützen, doch sie fehlt ihm, er kann sie nicht vergessen. Auch wenn er noch immer nicht möchte, dass sie seinetwegen in Gefahr ist, weiß er, dass er es ihr und seinen Gefühlen für sie schuldig ist, ehrlich zu ihr zu sein.

Die letzte Nacht hat all das noch einmal bestärkt. Alma ist ihm viel zu wichtig, als das ignorieren zu können. Er hat es in den letzten Wochen versucht und es hat nicht geklappt, aber nun hat er den Entschluss gefasst, aufzuhören, gegen seine Gefühle für Alma anzukämpfen, und fühlt sich gleich viel befreiter. Selbst wenn sie nicht noch einmal zusammenfinden, wird er ehrlich sein und sie nicht mehr von sich stoßen.

Sie steht an das Sideboard gelehnt und sieht ihn unsicher an, als würde sie dem Frieden nicht trauen, sondern damit rechnen, dass er gleich aufsteht und geht. Um ehrlich zu sein, würde er das auch am liebsten tun, aber er sieht in ihre schönen Mandelaugen und weiß, dass er diesen Schritt gehen muss, wenn er sie nicht endgültig verlieren will. Als sie jetzt vor ihm steht, so verletzt und unsicher, aber doch noch immer darauf aus, die Wahrheit zu kennen, weil auch sie noch nicht mit ihnen abgeschlossen hat, weiß er, dass er sie weiter in seinem Leben haben möchte. So unvernünftig das auch sein mag.

Deswegen räuspert Thiago sich und fährt fort: »Irgendwann flogen Dallas und ich nach Hawaii. Wir mussten da jemanden aufspüren, der sich vor der Familia dort versteckt hielt. Wir blieben zwei Wochen und nahmen die beiden Frauen mit.« Wenn er daran denkt, zieht sich sein Herz zusammen.

»Es war eine schöne Zeit, wir hatten neben all der Arbeit auch viel Spaß und sind uns immer nähergekommen. Dallas und ich haben den Kerl nicht gefunden und sind danach weiter nach Las Vegas geflogen. Wir wollten nun seine Casinos nach ihm absuchen. Rosa und ihre Freundin flogen zurück nach Honduras, doch nur ein paar Tage später folgten sie uns nach Las Vegas. Rosa war völlig aufgelöst. Sie war schwanger, noch sehr frisch, doch sie wollte es mir sofort sagen.«

Alma hebt die Augenbrauen. »Dann habt ihr euch vorher gar nicht lange gekannt?«

Thiago lacht über die Überraschung in Almas Augen. »Nein, nur ein paar Wochen, ich war … geschockt. Ich habe mich an dem Abend betrunken und wusste nicht, wie ich damit umgehen sollte. Wie gesagt, bis zu dem Zeitpunkt habe ich mir noch nie Gedanken deswegen gemacht. Dallas und die Frauen sind nicht von meiner Seite gewichen. Ich war nicht sauer oder so etwas, sondern nur überfordert. Mir war klar, dass ich diese Verantwortung annehmen muss. Ich bin noch niemals ein Mann gewesen, der die Konsequenzen seiner Handlungen nicht trägt, und ich mochte Rosa viel zu sehr, um sie in dieser Situation allein zu lassen. Wie auch immer. Am Ende der Nacht sind wir in dieser Kapelle gelandet, nur wir vier. Wir hatten nicht einmal Ringe, doch wir haben geheiratet, nicht ganz so romantisch, wie man sich das vielleicht vorstellt, aber trotzdem war es schön. Meine Brüder sind bis heute sauer, dass sie meine Frau nicht einmal kennengelernt haben. All das ging so schnell, und ich wollte sie besuchen, nachdem mein Sohn zur Welt gekommen wäre …«

Alma atmet tief aus. Thiago sieht ihr in ihr hübsches Gesicht und kann nicht einschätzen, ob er jetzt zu ehrlich war. Aber er möchte mit offenen Karten spielen.

»Den Rest kennst du. Sie ist zu mir gezogen, wir haben das Haus eingerichtet und uns auf die Geburt vorbereitet. Ich kannte Rosa noch nicht so lange, doch sie war eine gute Frau und ich habe mich sehr wohl bei ihr gefühlt. Wir waren glücklich. Ich bin ruhiger geworden und habe gemerkt, wie sehr ich mich auf all das gefreut habe, besonders auf meinen Sohn und dass sie in meinem Leben ist. Dann sind sie getötet worden, und ich war zwei Jahre nicht in der Lage, weiterzumachen. Erst nach und nach habe ich wieder klar denken können und bin zurückgekommen, um all das hier wieder aufzubauen. Ich hatte nicht vor, jemanden zu treffen, in den ich mich verliebe, jemanden wieder so nahe an mich heranzulassen und gleichzeitig wieder in diese Gefahr zu bringen, in der jeder ist, der in meinem Leben ist. Der Gedanke gefällt mir noch immer nicht. Wenn ich daran denke, dass jemals wieder eine

Frau verletzt wird, weil ich sie liebe und bei mir haben will … fühlt sich das egoistisch an. Ich habe erlebt, wie es ist, wenn sie Frauen und Kinder töten, nur um an uns heranzukommen und uns zu verletzen … doch … ich weiß auch nicht, Alma. Ich habe mit dem, was zwischen uns ist, nicht gerechnet.«

Alma schweigt. Das zwischen Rosa und ihm war nie Liebe auf den ersten Blick, man kann es nicht einmal mit dem vergleichen, was er sehr schnell für Alma empfunden hat. Aber sie hat ein Recht, zu erfahren, wie viel ihm das zwischen Rosa und ihm trotzdem bedeutet hat.

Sie bricht den Augenkontakt nicht ab. Er kann nicht erkennen, ob es gut war, ihr all das zu sagen, doch er fühlt sich besser als vorher.

»Ich auch nicht, Thiago. Ich habe mit alldem auch nicht gerechnet. Ich bin durcheinander. Mein Leben war die letzten Jahre so ruhig und ohne viele Veränderungen. Ich weiß nicht, ob dir das bewusst ist, doch seitdem du in mein Leben getreten bist … hat sich alles geändert und dann wieder geändert und … Ich weiß nicht, was ich will, aber was ich weiß, ist, dass mir gestern gezeigt wurde, dass ich nicht dich dafür brauche, um in Gefahr zu geraten, im Gegenteil. Wärst du nicht gekommen, wären wir jetzt wieder bei Jakop. Und wer weiß, wie lange ich das überlebt hätte. Also verstehe ich zwar deine Angst, aber ich denke, dass mir immer etwas passieren kann, auch wenn ich nicht die Frau an deiner Seite bin.«

In diesem Moment klingelt ihr Handy auf dem Sideboard. Sie nimmt das Gespräch an, nachdem sie auf das Display gesehen hat. Thiago kann nun, da sie nur das Top trägt, ihre Wunden besser sehen. Sie muss noch immer große Schmerzen haben, doch sie lässt sich nichts anmerken. Thiago ist die Nacht über bei ihr geblieben. Am Anfang hat er sich neben das Bett gesetzt. Sie sind nicht mehr zusammen, und obwohl sie sich schon sehr nahe waren, weiß er nicht, ob sie das gewollt hätte. Aber dann hat er gemerkt, wie unruhig sie immer wieder im Schlaf geworden ist.

Er hat sich neben sie auf das Bett gelegt und war jedes Mal da, als sie erschrocken hochgefahren ist. So hat er nur ein paar Stunden Schlaf bekommen und musste gleich zum Training, sich die neuen Männer noch einmal ansehen. Doch es hat sich gut angefühlt, zu wissen, dass Alma in seinem Haus ist und er sie gleich wiedersehen wird. Auch wenn er sich noch Sorgen um sie macht und sieht, wie hart sie getroffen wurde, weiß er auch, dass das Schlimmste für sie und ihren Vater nun vorbei ist. Er hat sich nur allzu gern um den Mistkerl Jakop gekümmert, doch bis ihre Seele komplett heilt, wird es sicherlich noch dauern.

Am Handy scheint ihr Vater zu sein. Sie beruhigt ihn und legt dann auf. »Entschuldige, ich muss zu unserem Laden. Mein Vater wird sonst fahren. Er schreibt mir schon den ganzen Morgen, aber er soll sich noch ausruhen. Ich mache das schnell. All unsere Sachen, unser gesamtes Geld steckt in dem Laden und es wurde ja nicht einmal abgeschlossen. Er möchte wissen, was alles kaputt ist, was weg ist ... Ich muss zum Laden und nachsehen.«

Thiago steht auch auf und stellt das Bild zurück auf das Sideboard. Er ist froh, aus der Situation herausgerissen worden zu sein.

Es ist nicht leicht, all diese Schritte auf sie zuzugehen, so offen über das zu sprechen, was damals passiert ist, aber er will nichts überstürzen, zudem sieht er, wie geschwächt Alma noch ist und will auch sie nicht überfordern. Sie wird all diese Informationen auch erst einmal verarbeiten müssen.

»Ich habe gestern meinen Männern gesagt, sie sollen alles wieder aufstellen und die Tür zumachen. Es sah ziemlich schlimm aus, doch all das ist nichts, was sich nicht ersetzen lässt. Dass du und dein Vater den Typen los seid, ist die Hauptsache.«

Alma nickt. »Danke für ... einfach alles, was du die ganze Zeit für uns tust und auch, dass du mir das erzählt hast. Ich kann mir vorstellen, dass du am liebsten nicht mehr darüber sprechen möchtest.«

Thiago steht auf und hält ihr seine Hand hin. »Du musst mir dafür nicht danken, das hätte ich oder einer der anderen immer für euch getan, egal, was zwischen uns ist. Vielleicht hast du das nicht gemerkt, aber alle hier mögen dich und auch deinen Vater. Keiner von uns hätte das zugelassen.«

Als Alma ihre Hand ausstreckt und seine ergreift, schlägt sein Herz schneller. Er hat sich in sie verliebt, und auch wenn es gedauert hat, bis er das begriffen hat, ist er dankbar, dass nicht alles verloren ist.

Sie gehen zurück in die Küche, und Thiago nimmt ihr den Kaffeebecher aus der Hand und stellt ihn ab. »Willst du noch etwas essen?«

»Nein, erst einmal bin ich satt.« Alma lässt seine Hand los und geht langsam in den Eingangsbereich. Die Flipflops sind ihr gestern von den Füßen gefallen, als er sie hochgehoben hat, und nun zieht sie sie wieder an.

Thiago nimmt sich einen Muffin und folgt ihr. »Vielleicht sollte ich allein fahren und du bleibst hier und ruhst dich noch aus. Hast du die Salbe aufgetragen?«

Alma streicht ihre Haare zurück. »Ja, habe ich. Es ist schon viel besser als gestern, und bis zum Auto und in den Laden schaffe ich es. Ich muss das mit eigenen Augen sehen.«

Thiago kann nicht viel dagegen sagen, er hat sich selbst nie geschont und versteht, dass sie das, was mit dem Laden passiert ist, selbst sehen möchte. Deswegen hält er ihr die Tür auf und auch die Autotür. Er will sie zumindest fahren und begleiten.

Als sie das Gebiet verlassen, sitzt Mikail im Wachhaus und bespricht etwas mit den Männern. Als Thiago davor hält, kommt er zum Auto und lehnt sich ins Fenster, wobei er Alma ansieht und den Kopf schüttelt. »Das sieht böse aus, geht es?«

Sie nickt und lächelt. »Ja, danke, es geht schon.«

Mikail sieht zu Thiago. »Was ist mit den Neuen? Sollen wir für heute oder morgen Abend eine Party planen, um sie willkommen zu heißen?«

Sie brauchen neue Männer, und von einigen Anwärtern haben ihm fünf gut gefallen. Heute beim Training waren noch einmal zwei andere dabei, die ihm auch gefallen haben, doch er will nichts überstürzen und vor allem will er jetzt erst einmal bei Alma bleiben.

»Setz noch zwei weitere Trainingstermine an. Esau hat heute einen Termin und Dallas morgen, sie sollen die Männer aufteilen und dahin mitnehmen, um sie dort ein wenig zu beobachten. Die Feier kann bis zum Wochenende warten. Wir sollten uns erst sicher sein.«

Mikail nickt und sieht noch einmal zu Alma. »Ich lasse dir eine Salbe zu Thiagos Haus bringen, die wirkt Wunder. Wir benutzen sie alle bei Verletzungen, und so heilt alles viel schneller ab.«

Alma bedankt sich und Mikail nickt ihnen noch einmal zu, bevor sie weiterfahren. Sie alle mögen Alma und sie wissen auch, dass sie Thiago mehr bedeutet als eine der Frauen, die er hin und wieder zum Spaß gehabt hat.

Thiago beißt von seinem Muffin ab, und in dem Moment beginnt wieder das Lied 100 AÑOS.

Alma stellt es lauter. »Ich mag das Lied. Du auch?«

Er zuckt die Schultern und muss lächeln. Wenn sie neben ihm sitzt, trifft es ihn nicht ganz so sehr wie in den Tagen vorher, an denen er am liebsten die Musikanlage aus dem Auto geworfen hätte.

Alma spricht mit ihren Freundinnen am Handy, während sie in die Stadt einfahren. Beide scheinen sich Sorgen zu machen und sind gerade bei der Arbeit, doch Alma versichert ihnen, dass es ihr gut geht und sie nur etwas Ruhe braucht.

Als Thiago dann vor dem Laden hält, stellen sie fest, dass man von außen nichts sieht, und auch die Tür ist geschlossen. Seine Männer sollten alles wieder aufstellen, sodass nichts mehr im Laden herumliegt. Sie haben auch zwei Haushaltshilfen mitgenommen, die sauber gemacht haben, weswegen sich ihnen nun kein so schlimmes Bild darbietet, wie Thiago es gestern vorgefunden hat. Die Theken stehen wieder. Es wird sicherlich einiges fehlen, doch es ist nicht alles zerstört.

Alma sieht sich um. »Die beiden Theken kann ich schnell ersetzen, und auch das Glas in der Kühltheke ist kein Problem. Ich hatte es mir schlimmer vorgestellt. Wir lassen den Laden für den Rest der Woche zu, bis wir uns erholt haben und das repariert ist. Ich hänge gleich ein Schild draußen auf. Das restliche Gemüse und Obst können wir mitnehmen und bei euch verteilen. Es wäre schade, wenn es schlecht wird, und viel ist ja auch nicht mehr übrig.« Sie deutet auf die Körbe, die in der Ecke stehen.

Sie gehen die Treppe hinauf. Auch im oberen Stock wurde sauber gemacht, doch hier ist ebenfalls einiges kaputt. Das Bett in Almas Schlafzimmer ist gebrochen und bei ihrem Vater der Nachttisch. Der zerstörte Stuhl steht noch im Bad, wo allerdings keine Spuren mehr von dem zu sehen sind, was Thiago gestern aufgefunden hat.

»Das Bett und alles andere kann man auch ersetzen.« Alma wendet sich zu Thiago um und lächelt. »Ich habe sowieso nur oben geschlafen. Ich brauche das Bett nicht, und mein Vater kann meinen Nachttisch haben.« Sie geht die Treppe zum Dachgeschoss hinauf, die bereits ausgeklappt war. Thiago folgt ihr. Hier scheint keiner gewesen zu sein.

Alma sieht sich um und dann zu dem Fenster, was Thiago im Dach hat einbauen lassen, damit sie nachts die Sterne sehen kann.

»Ich habe so viele Nächte hier gelegen und über uns beide nachgedacht. Über all das, was passiert ist und wieso ich dich nicht vergessen kann.«

128

Sie lächelt matt, doch Thiago sieht ihr an, dass sie all das müde macht. Nicht nur die Geschehnisse gestern, sondern wahrscheinlich auch alles zwischen ihnen vorher.

»Ich kann dich nicht einschätzen, Thiago. Es ist, als würden zwei Männer vor mir stehen. Du bist im einen Moment so kalt zu mir und dann bist du wieder der Mann, der mir so unglaublich fehlt und dem ich absolut vertraue. Der all das für mich tut ...«

Sie tritt näher zu ihm und hebt die Hand. »Ich verstehe jetzt, woher all das kommt, doch was bedeutet das? Du kennst auch meine Geschichte, und ich kann mich nicht wieder auf jemanden einlassen, der mir am Ende doch nur wieder wehtut. Ich dachte, du würdest das nicht tun, doch du hast es getan. Woher soll ich wissen, dass du es nicht wieder tun wirst? Denkst du, dass du in der Lage bist, noch einmal jemanden zu lieben, wirklich jemanden an deinem Leben teilhaben zu lassen?«

Thiago sieht sie ernst an. Er versteht, dass sie zweifelt. »Ich denke, dass das schon längst passiert ist, Alma.« Er greift nach ihrer Hand, und als sie ihren Blick senkt, weil sie nicht weiß, ob sie dem Glauben schenken kann, hebt er mit seinem Finger ihr Kinn liebevoll hoch, sodass sie ihn ansieht.

»Ich habe mich schon längst in dich verliebt, viel stärker und schneller, als ich es jemals gekannt habe. Obwohl ich es nicht wollte. Doch mein Herz hat sich über meinen Verstand gesetzt. Ich beginne, zu akzeptieren, dass sich mein Vorhaben, mich nur auf die Familia zu konzentrieren, so nicht erfüllen lässt, seitdem du dich vor mir aufgebaut und mich sauer angefunkelt hast, weil ich dir deine Felder nehmen wollte. Es war garantiert nicht geplant, doch es ist passiert, und ich bin dankbar dafür.«

Thiago bemerkt Tränen in Almas Augen, auch wenn sie sie wegzublinzeln versucht, und er lächelt mild und legt seine Stirn an ihre. »Es tut mir leid, Alma. Ich wollte dir niemals wehtun, und es wird garantiert nicht leicht sein, mit mir zusammen zu sein. Ich werde mich mehr um deine Sicherheit sorgen, als es normal ist, und ich werde oft kalt und unberechenbar auf dich wirken, weil das zu meinen Aufgaben gehört, doch ich werde versuchen, das von dir zu trennen. Ich weiß, dass ich nicht mehr der Mann von damals bin und dass ich sicher nicht der perfekte Vorzeigemann ...«

Nun ist es Alma, die den Kopf schüttelt. Dabei entfernt sie ihre Gesichter wieder voneinander, sodass sie ihm in die Augen blicken kann. »Ich habe den Mann von damals nicht kennengelernt. Ich habe dich getroffen und alle Facetten von dir gesehen. Auch wenn es nicht leicht ist, mit all dem umzugehen ... habe ich mich in dich verliebt. Nicht in den Mann von damals. In dich, Thiago, so wie du jetzt vor mir stehst ...« Sie legt ihre Hand an seine Wange, und Thiago nähert sich ihren Lippen. Doch kurz vorher hält er noch einen Moment inne.

»Bist du dir sicher, dass du für all das bereit bist? Die Familia, einen Mann, dem es nicht sehr leichtfällt, Gefühle zuzulassen ... all das Chaos?«

Alma lächelt. »Ich denke, mein Herz lässt mir da keine andere Option. Ich bin mehr als bereit dafür.«

Seine Lippen finden ihre, und Alma zieht ihn näher an sich. Das Gefühl, Alma endlich wieder zu spüren und in seinen Armen zu haben, übertrifft alles, und genau in diesem Moment wird ihm endgültig klar, dass es richtig ist, sie beide nicht aufzugeben. Auch wenn er gleichzeitig eine gewisse Ehrfurcht davor in sich spürt, wie stark seine Gefühle für sie sind.

Er würde sie am liebsten noch enger an sich ziehen, doch wie stark die Sehnsucht auch an ihm zerrt, er muss vorsichtig sein, um ihr nicht wehzutun. Trotzdem kann er nicht verhindern, dass der Kuss intensiver wird, und dann schmiegt sie sich noch enger an ihn.

Thiago beendet den Kuss, ohne sie aus seinen Armen zu entlassen. Er atmet schwerer und küsst ihre Wange und ihren Hals entlang und streicht mit seinen Fingern zärtlich über den Leberfleck unter ihrer Lippe. »Du hast mir gefehlt, Alma.«

Sie seufzt, als seine Hände unter ihrem Top entlangfahren, bis sie die Hügel ihrer Brüste erreichen und darüberstreichen.

Langsam bewegt er sich mit ihr vorwärts und lässt sie auf die Matratze hinter ihnen nieder. Genauso langsam zieht er ihr Top aus. Es macht ihn wütend, die blauen Flecken zu sehen. Seine Lippen streichen über Almas weiche Haut, und ihre Arme umfassen seinen Nacken.

»Du hast mir auch gefehlt.«

Er kehrt zu ihren Lippen zurück und küsst sie mit all der Sehnsucht, die er in den letzten Tagen in sich gespürt hat, mit dem Wissen, was sie ihm bedeutet und was nun auf sie zukommen wird. In diesem Augenblick gibt es jedoch nur sie beide.

Als Almas zarte Hände unter seinem Shirt über seinen Rücken streichen, beendet er den Kuss, setzt sich auf und zieht sich das Shirt über den Kopf. Er muss sie ganz spüren, ohne Stoff zwischen ihnen und sie endlich wieder komplett vereinen.

Bevor er das umsetzt, hält er aber ein.

In dem Moment, in dem er auf Alma hinabblickt, die ihn aus diesen wunderschönen Augen ansieht, mit von ihrem Kuss glänzenden Lippen und dieser Sicherheit in ihren Augen, weiß er, warum er all diese Frauen nicht genießen konnte.

Er weiß, dass Alma alles ist, was er will. Mit diesem Wissen beugt er sich wieder über sie und zeigt ihr, wie viel sie ihm bedeutet.

Kapitel 14

Thiago öffnet die Augen und fühlt sich so entspannt wie lange nicht mehr. Er liegt auf dem Rücken, Haare kitzeln an seiner Brust. Er blickt auf Alma, die an ihn gekuschelt noch tief und fest schläft. Thiago wendet sich zu ihr um und legt seine Hand auf ihre Wange. Er küsst ihren Scheitel und atmet ihren süßen Duft ein.

Sie haben gestern in Almas Haus wieder zusammengefunden. Danach waren sie etwas essen und sind zu ihrem Vater gefahren, um ihm von dem Laden zu berichten und ihn zu beruhigen. Ihm geht es auch schon besser, und man hat sehr schnell gemerkt, dass er sich bei seiner Freundin wohlfühlt. Sie saßen eine ganze Weile auf der Terrasse in ihrem Haus und haben über den Laden gesprochen und auch darüber, dass sie nun Ruhe vor Jakop haben werden.

Man muss Almas Vater nur zehn Minuten in der Nähe seiner Tochter beobachten und sieht, wie sehr er sie liebt. Als sie am Abend aufgebrochen sind, hat der Vater Thiago noch einmal zur Seite gezogen und ihm dafür gedankt, dass er da ist und sich um Alma kümmert. Er hat ihm in die Augen gesehen und ihm gesagt, dass es ihm egal ist, wer Thiago ist. Für ihn zählt nur die Liebe, die er für Alma empfindet und dass er sie gut behandelt. Thiago hat ihm versprochen, Alma nicht wehzutun und alles zu tun, damit es ihr gut geht, und nichts anderes hat er vor.

Es war niemals sein Ziel, so schnell wieder etwas Festes zu beginnen, oder überhaupt jemals. Er wollte sich nur auf die Familia und ihren Aufstieg konzentrieren, doch dann kam Alma, und nun wird er versuchen, alles zusammen hinzubekommen.

Zufrieden schließt er die Augen wieder, bis sein Handy klingelt. Es ist Malik. Er hat ihn gestern zu erreichen versucht, doch da war der gerade in einer Besprechung mit den Aquillas. Thiago dreht sich zurück auf den Rücken, setzt sich höher und lehnt sich an das Bettende. Er nimmt das Gespräch an und fragt seinen jüngeren Bruder leise, ob alles in Ordnung sei.

Chile und Malik sind die ganze Zeit in seinem Hinterkopf, seinen Bruder jetzt so gelöst und zuversichtlich zu hören, erleichtert ihn. Malik berichtet ihm, dass die Bauarbeiten gut laufen und er schon einige kleinere Familias getroffen hat, die ab jetzt alle ihre Waffen bei ihnen kaufen werden. Die Aquillas begleiten sie überall hin, und Malik vertraut ihnen. Es ist befreiend, nach all den Wochen auch mal gute Nachrichten zu bekommen.

Während er mit Malik spricht, öffnet Alma langsam die Augen. Sie lächelt zufrieden zu ihm hoch und küsst seinen Bauch und die Brust, bevor sie sich aufsetzt. Thiago bedeutet ihr, dass er noch ein paar Minuten braucht. Als sie sich dann allerdings aus dem Bett erhebt und nur ihre langen Haare auf ihren Po fallen und sie sonst nichts bedeckt, überlegt er sich das noch einmal schnell anders.

Er beendet das Gespräch mit Malik und steht auch auf. Alma steht bereits unter der Dusche, den Rücken zu ihm gewandt. Als er zu ihr in die Dusche steigt, ist er einen Moment sprachlos. Sie ist in seinen Augen perfekt. Ihr runder Po, der schlanke Rücken mit diesem feinen Tattoo. Sie dreht sich zu ihm um und präsentiert ihm so ihre vollen Brüste. Sein Blick gleitet weiter hinunter, und er steigt ebenfalls in die Dusche.

»Guten Morgen.« Alma schlingt die Arme um ihn. Es ist nicht nur, dass er ihre Nähe genießt, auch das Gefühl, dass sie nicht genug von ihm bekommen kann, lässt sein Herz doppelt so schnell schlagen.

»Guten Morgen. Ich habe einmal gehört, dass es das Beste ist, den Tag so zu starten, wie er geendet hat.« Seine Hände umfassen ihren Po, und sie lächelt an seinen Lippen.

»Hast du das, ja?« Sie hat sich schon shampooniert, und ihre Haut ist glitschig. Als seine Hände weiterwandern, stöhnt sie auf und vereint ihre Lippen. So könnte er alle kommenden Tage beginnen.

Erst knapp eine Stunde später betritt Thiago hungrig die Küche. Alma ist noch im Bad. Die Wunden sehen schon ein wenig besser aus, doch Thiago hat ihr gerade noch geholfen, die Salbe ordentlich darauf zu verteilen, damit sie so schnell wie möglich komplett abheilen.

Er stellt den Korb mit den frischen Brötchen und Croissants, den jedes Haus morgens bekommt, auf den Tisch, dazu Belag und etwas Obst, und lässt die Kaffeemaschine laufen.

Genau in diesem Moment knallt seine Haustür zu und Elams Stimme donnert durchs Haus. »Bewegst du dich heute noch mal? Ich habe dich noch nie so lange in deinem Haus erlebt. Bist du krank?«

Thiago stellt ein zweites Glas unter den Auslauf und dreht sich zu seinem jüngeren Bruder um. Elam und er könnten auch als Zwillinge durchgehen, denn das Jahr, was zwischen ihnen liegt, spielt keine nennenswerte Rolle. Durch Esaus hartes Training hat sein Bruder ihn auch körperlich eingeholt, und manchmal muss er über ihre Ähnlichkeit selbst den Kopf schütteln.

Er hält ihm einen Kaffee hin. »Nein, ich brauchte einfach mal eine kleine Auszeit.«

»Es ist nach vierzehn Uhr. Ich habe gerade zu Mittag gegessen. Wegen des Trainings heute Abend … Es haben sich schon wieder neue Männer angekündigt, die Leute wollen unbedingt zu unserer Familia gehören. Es spricht sich rum, wie gut alles läuft, von der Fabrik und den Feldern. Esau fragt, ob er sich alle ansehen soll.«

Thiago trägt nur Shorts. Er streicht sich unbewusst oft über das Geburtsdatum seines toten Sohnes am Herzen, er hat es sich angewöhnt. Neben seinem Kreuz auf dem Rücken und Fuego auf dem Arm plant Thiago schon das nächste Tattoo. Elam hat erst das eine, doch er hat ihm gesagt, dass er sich auch noch gern etwas stechen lassen würde.

Thiago lässt die Hand sinken, als er merkt, dass er wieder das Tattoo berührt hat, und hebt die Augenbrauen. »Wir brauchen Männer. Heute Abend trainieren wir mit den sieben, die uns gefallen haben und die heute weiter getestet werden. Ich weiß nicht, ob wir zu vielen vertrauen sollen. Esau soll sich die Neuen jedoch angucken. Am besten mit Dallas gemeinsam, die beiden arbeiten gut zusammen. Und wenn er wirklich denkt, es sind gute Männer dabei, soll er sie erst einmal in die Fabrik zum Arbeiten schicken. Wir beobachten ab jetzt die Männer eine Weile und dann, wenn wir uns sicher sind, können sie bei uns mittrainieren.«

Elam nickt und begleitet Thiago auf die Terrasse. »Das ist gut. Ich denke auch, wir sollten nichts überstürzen. Wir brauchen Männer, aber die wichtigsten Posten sind bereits besetzt, wir müssen nichts überstürzen. Der Hundezüchter hat angerufen. Er hat jetzt einige Hunde ausgewählt, die infrage kommen würden … Was ist los mit dir? Irgendetwas ist doch anders.«

»Es ist nichts. Was soll sein?«

Elam legt den Kopf schief. »Du siehst so … entspannt und glücklich aus, so …«

In dem Moment kommt Alma nur mit einem hellrosa Sommerkleid bekleidet und barfuß zu ihnen herunter. Ihre Wangen färben sich rötlich, als sie Thiago und Elam erblickt, und Elam grinst Thiago frech an.

»Das ist also die Veränderung.«

Thiago lacht leise, und als Alma eine Begrüßung murmelt, zieht er sie an sich, küsst sie auf die Wange und legt seine Arme von hinten um sie.

»Ich weiß, ihr beide kennt euch schon ein wenig und habt auch schon miteinander gesprochen, doch ich möchte euch noch einmal offiziell vorstellen. Das ist mir wichtig. Alma, das ist mein jüngerer

Bruder Elam. Malik lernst du kennen, wenn er aus Chile zurück ist.«

Elam lächelt. »Alma, ich habe gesehen, wie wütend du meinen Bruder hast werden lassen, doch wenn du ihn danach so zum Strahlen bringst, kannst du das gern öfter machen. Es ist schön, ihn wieder so glücklich zu sehen.«

Elam ist noch zum Frühstück bei ihnen geblieben, auch wenn er nichts gegessen hat. Thiago wusste, dass sein Bruder sich Sorgen um ihn gemacht hat, weil er gespürt hat, wie sehr ihm der Tod von Rosa und seinem Sohn noch nahegeht. Er hat heute die Erleichterung gespürt, als Elam ihn mit Alma beobachtet hat.

Bis zum Training heute Abend hat Thiago ausnahmsweise mal keine Termine, deswegen hat er Alma zu einem Ausflug überredet. Er weiß, dass ihr das mit Jakop und dem Laden noch sehr zusetzt – auch in dieser Nacht ist sie ein paar Mal wachgeworden – daher will er sie ein wenig ablenken.

Sie fahren aus der Stadt hinaus aufs Land und halten vor einer großen Farm. Zumindest wirkt das so, als sie auf die Hühner und Schafe sehen, die im Schatten auf dem Hof umherlaufen. Doch sobald sie halten, kommen zwei große Pitbulls an den Zaun.

»Was tun wir hier?«, will Alma wissen.

Thiago sieht aufmerksam zu den Hunden und nimmt Almas Hand in seine. »Wir vergrößern unsere Familia.« Er geht auf das Tor zu, und die Hunde beginnen laut zu bellen.

»Oh, ich denke, das ist keine gute Idee. Die sehen aus, als würden sie uns zum Mittag verspeisen.«

Thiago sieht zufrieden zu den beiden, die sie nicht aufs Gelände lassen werden.

Ein Pfiff ertönt, und die beiden Pitbulls hören sofort auf zu bellen und trotten zu dem Mann, der hinterm Haus hervorkommt.

»Thiago, wie schön, dass du persönlich kommst. Kommt rein!«

Thiago öffnet das Tor, die Pitbulls reagieren nicht mehr. Sie haben ihren Besitzer gewarnt, und der hat ihnen das Zeichen gegeben, dass alles in Ordnung ist. So in etwa stellt Thiago sich das auch für ihr Gebiet vor.

Er reicht dem Mann die Hand und stellt Alma vor.

»Ich würde euch gern erst einmal zeigen, was euch bei unseren Hunden erwartet. Dann zeige ich euch die Welpen, die dafür infrage kommen.«

Alma sieht etwas verunsichert zu den beiden großen Hunden, doch die sind nun völlig relaxt. Auf ein Zeichen des Züchters hin kommen sie näher und begrüßen sie. Nun wirken sie nicht mehr bedrohlich, und auch Alma streichelt den Kopf des einen braunen Pitbulls.

Der Züchter führt sie durch einen abgetrennten Bereich auf eine Wiese, wo um die zwanzig Welpen miteinander spielen oder im Gras im Schatten schlafen. Das Gelände ist riesig, und die Hunde scheinen sich sehr wohl zu fühlen. Die Welpen sind von verschiedenen Rassen und einige kommen sie gleich begrüßen. Nun strahlt Alma über das ganze Gesicht und streichelt die kleinen Wollknäuel.

Der Züchter erklärt ihnen, was für Rassen er züchtet und dass jede Rasse für andere Aufgaben gut einsetzbar ist und auch nicht jeder Besitzer mit jeder Rasse zurechtkommen würde. Ein kleiner, dunkelgrauer Pitbull mit einem weißen Kreis um sein rechtes Auge hat sich auf Thiagos Sneakers gestürzt. Er versucht, an die Enden der Schnürsenkel zu kommen, fällt dabei aber immer wieder um und kugelt sich um sich selbst. Irgendwann knurrt der Kleine Thiagos Sneakers an und setzt sich dann schwer beleidigt neben ihn. Alma beobachtet das lachend, während sie die anderen streichelt.

»Ich würde euch gern zeigen, wie wir eure Welpen trainieren und was sie am Ende können werden. Dafür gehen wir auf das Trainingsgelände.«

Sie folgen ihm, doch nicht nur sie, auch der kleine, graue Pitbull trottet neben Thiago her. Als sie hinter das Tor treten und ihn zurücklassen, winselt er, sodass Thiago nach ihm greift, ihn auf den Arm nimmt und seinen weichen Hals krault, während sie zu einem weiteren umzäunten Gelände gehen.

Der Züchter ruft den Namen ‚King‘ und der graue Pitbull, der sie begrüßt hat, kommt angelaufen. Sie gehen zusammen mit ihm auf das Gelände, ein weiterer Mann mit Schutzanzug kommt dazu. »Das ist der Vater der Welpen. Wir züchten hier keine Kampfmaschinen. Unsere Hunde sind sehr friedliche und freundliche Wesen. Sie passen perfekt in eine Familie, was wichtig ist, wenn sie mit euch auf dem Gelände leben, weil dort auch mal Kinder sein werden und sie niemanden von euch angreifen dürfen.«

Er wirft einen Ball und King holt ihn. »Wir trainieren ihnen an, dass sie anschlagen, wenn jemand versucht, ins Haus oder auf ein Gelände zu kommen. Sie lassen denjenigen solange nicht herein, bis ihr nicht das Okay dafür gebt. Es sei denn, es ist einer aus ihrem Rudel. Also, wenn meine Kinder von der Schule nach Hause kommen, schlägt kein Hund an. Aber wenn jemand kommt, den sie nicht kennen, geben sie Bescheid. Wenn ich pfeife, ziehen sie sich zurück, warten aber noch, und wenn ich ihnen sage, es ist okay, entspannen sie sich.«

Thiago und Alma hören genau zu.

»Wenn zum Beispiel deine Frau allein bei euch ist, und kein anderer ist da und ein Fremder kommt, pfeift sie und die Hunde hören. Wenn derjenige dann auf das Grundstück kommt und sie angreift, gibt sie den Befehl 'Fass'.« Er sagt das Wort lauter, und im selben Moment springt King auf den Mann im Anzug zu und beißt in dessen Arm. »Das kommt hoffentlich nicht vor, doch im Notfall können sie das tun.«

Thiago nickt und sieht zufrieden zu dem Hund.

»Aus, King!« Er lässt sofort wieder los.

»Also, das bedeutet: Wenn sie jetzt einen unserer Hunde mit in die Stadt nehmen würde und dort würde sie jemand angreifen, würde er sie auch schützen?«

Der Züchter nickt. »Natürlich.«

Thiago hebt die Augenbrauen. »Das wird unnötig sein, die Hunde sollen nur anschlagen, wenn jemand versucht, auf unser Grundstück zu kommen. Doch zu wissen, dass sie es könnten, ist natürlich gut.«

Nun zieht der Mann mit der Schutzjacke eine Pistole, und der Züchter blickt zu King. »Schnapp sie dir.«

Ohne zu zögern rennt der Pitbull von der Seite heran und schnappt nach der Waffe. Es scheint fast so, als hätte er den Mann dabei nicht einmal verletzt, doch er hat ihm die Waffe entwendet.

»Das können die Hunde auch, egal aus welcher Situation. Das Wichtigste ist noch, dass er immer auf Fremde trainiert ist. Er würde niemals dich beißen, wenn deine Frau sauer ist und versucht, die Hunde auf dich zu hetzen.«

Sie lachen alle gemeinsam auf.

»Wie gesagt, die Hunde sind sehr liebe Tiere, die darauf trainiert sind, euer Haus, Gelände oder Hof zu schützen. Wir bringen ihnen auch bei, Patrouille an den Grenzen des Grundstücks zu laufen.«

Sie verlassen den Trainingsbereich wieder. Thiago ist zufrieden.

»Die Welpen sind jetzt alt genug, um zu euch zu ziehen. Wir haben mit dem Training schon begonnen, doch es ist wichtig, dass sie bei euch leben und wir dort mit ihnen weiter trainieren.«

Thiago nickt. »Das hat Esau mir schon gesagt. Ich möchte auch, dass die Männer beim Training mitmachen. Sie sollen eine gute Bindung zu den Hunden aufbauen.«

»Ich bringe sie dann nächste Woche zu euch«, sagt der Züchter. »Ich gebe euch gleich noch einen Katalog mit den Hütten für die Hunde. Aber nun müsst ihr euch erst einmal die Welpen aussuchen. Es sind alles Geschwister. Fünf Rüden und drei Weibchen.«

Thiago setzt den kleinen, grauen Pitbull ab, sobald sie zurück zu den anderen Welpen kommen, doch er bleibt neben ihm sitzen. »Ich nehme drei Rüden, passend zu den drei Fuego-Brüdern.«

Der Züchter deutet auf die Welpen, die infrage kommen, auch zu dem kleinen Grauen an Thiagos Bein, der den Kopf schief legt und zu seinen Geschwistern guckt, aber bei Thiago bleibt.

Alma und er sehen sich die Welpen an, sie sind alle zuckersüß. Es sind schon jetzt sehr stolze Hunde, und Alma hat sehr schnell einen grauen im Arm, der von seiner Stirn zur Schnauze einen weißen Strich hat und dann einen weißen Kreis um die Nase. Er sieht sehr edel und hübsch aus.

»Die Männer haben schon Namen ausgesucht, ich schätze, das ist dann Anibal.« Thiago deutet auf den Welpen in Almas Arm.

Der Züchter nickt. Zwischen all den Hunden sticht ein weißer Pitbull mit einem hellbraunen Kreis um das rechte Auge und einem hellbraunen Fleck am Rücken hervor. Er knurrt seine Brüder an und nimm ihnen das Spielzeug weg.

Thiago deutet auf ihn. »Kobe!«

Alma erhebt sich, nachdem sie auch Kobe auf den Arm genommen hat, und sieht zu Thiago. »Ich wollte früher immer einen Hund haben und habe alles darüber gelesen, was man wissen sollte. Man sagt, dass die besten Hunde die sind, die sich ihr Herrchen selbst aussuchen und dass diese Bindung besonders stark sein wird.«

Sie alle sehen zu dem kleinen, grauen Pitbull, der nicht eine Sekunde Thiagos Seite verlassen hat, seitdem er auf dem Grundstück ist. Thiago hebt ihn hoch und lächelt.

»Willkommen in der Familia, Ace!«

Eine halbe Stunde später fahren sie zurück in die Stadt. Ace hat gewinselt, als sie gegangen sind, und seitdem sie zurück im Auto sind, blättert Alma durch den Katalog mit den Hundehütten. Neben jedem Wachhaus soll eine stehen, damit die Wachmänner die Hunde losschicken können. Sie bräuchten also zwei. Sie überlegen, am anderen Ende des Gebietes auch noch eine Wachstelle einzubauen, und Thiago sagt zu Alma, sie sollten gleich drei nehmen.

Es gibt sehr unterschiedliche Hundehütten, einfache und auch welche, die etwas komfortabler sind. Die Hütten kühlen im Sommer und wärmen in der Nacht. Es wäre alles schon mit dabei, von Schlafmöglichkeiten bis zu Fressnäpfen. Thiago macht ein Foto von den Hütten und schickt sie Loris, damit er drei davon bestellen kann.

Er muss zum Training und will sich vorher noch mit dem inneren Kreis besprechen. Alma hat mit ihren Freundinnen verabredet, dass sie zu ihnen ins Kinderheim kommt und sie sich dort treffen.

Auf dem Weg fahren sie am Marktplatz vorbei, wo Thiago zwei der Männer entdeckt, die neu in die Familia aufgenommen werden sollen. Im Moment wohnen sie noch in einem Hotel. Erst wenn sie aufgenommen sind, dürfen sie auf ihrem Grundstück leben. Jetzt kommen sie gerade aus einem Restaurant. Der Besitzer folgt ihnen, hält sie auf und bittet sie offenbar um etwas. Thiago wird langsamer und hört, wie die beiden Männer lachen und dem alten Mann auf die Schulter klopfen.

»Weißt du nicht, wer wir sind? Wir gehören zu den Fuegos. Ihr könnt froh sein, dass wir hier sind und die Stadt schützen, denkst du nicht?«

Auch Alma hört die Worte der Männer und sieht zu Thiago.

»Ich schätze, ich muss einigen neuen Männern klarmachen, wer wir wirklich sind.« Er fährt weiter und ist froh, das mitbekommen zu haben.

Nachdem er Alma abgesetzt und sich mit einem Kuss von ihr verabschiedet hat, fühlt es sich merkwürdig an, ohne sie zu sein. Er fährt zurück und hält an dem Restaurant, wo er dem Besitzer einige Scheine in die Hand drückt und sich für das Verhalten der Männer entschuldigt.

Anschließend fährt er zum Gemeinschaftshaus. Mittlerweile sind alle zurück. Er setzt sich eine Weile zu seinen Männern, spricht mit ihnen und hört sich um, ob alles in Ordnung ist, bevor er Elam, Loris, Esau, Mikail, Dallas und Saul mit in den Besprechungsraum holt. Sie rufen auch Dario an, um über Mexiko zu reden. Es wird immer präziser, und sie legen auch schon die Tage fest und wie alles vor sich gehen soll.

Danach bespricht Thiago noch mit seinem inneren Kreis, wie die beiden neuen Männer sich in der Stadt verhalten haben und wie sie ab jetzt mit den Anwärtern umgehen werden. Sie haben die wichtigsten Posten besetzt, also können sie sich Zeit lassen und die Männer in jeder Hinsicht länger überprüfen.

Sie ziehen sich um und absolvieren ein gemeinschaftliches Training. Das findet meistens nur einmal in der Woche statt. Ansonsten trainieren Dallas und Esau immer einzelne Gruppen.

Wie meistens endet das Training am Strand, und danach bleiben alle Männer im Sand sitzen und atmen tief durch. Nur Thiago bleibt stehen. Es ist beeindruckend. Hier sitzen knapp fünfzig Männer, die alle gut durchtrainiert sind und bereit, für die Fuegos alles zu geben. Bis auf die, die gerade in Chile oder als Wachen eingeteilt sind, sind alle anwesend, und er ergreift das Wort.

»Das Training war gut. Man sieht, dass Esau und Dallas euch immer weiter vorantreiben, was auch nötig ist. Wir werden bald wieder zu einem neuen Problem aufbrechen, und unsere Geschäfte weiten sich aus. Morgen gehen zwei Waffenlieferungen raus, und wir verschicken die ersten Proben unseres Cannabis. Ich habe heute unsere drei Hunde ausgesucht: Anibal, Kobe und Ace, die nächste Woche hier sein werden. Ab jetzt möchte ich, dass wir diese Trainingseinheiten immer nutzen, um alle auf den neuesten Stand zu bringen.«

Zwar würde Thiago seinen Männern gern bereits genauere Details wegen Mexiko geben, doch die Neuen sind dabei. Er traut ihnen noch nicht, und niemand darf ihre Pläne für Mexiko kennen.

»Was aber auch sehr wichtig ist, und das geht vor allem an die neuen Männer: Wir sind die Fuegos. Es ist völlig egal, was ihr gehört habt oder zu wissen glaubt oder wie andere Familias sich verhalten. Ich weiß, dass es Familias gibt, die in ihrer Gegend Angst und Schrecken verbreiten und vor denen die gesamte Bevölkerung zittert. So etwas wollen wir nicht. Die normalen Bürger haben mit uns nichts zu tun. Sie haben einen gewissen Respekt vor uns, aber das reicht auch. Keiner braucht Angst vor uns zu haben. Wir laufen nirgendwo herum und bedrohen irgendwelche Bauern oder Verkäufer. Mit solchen Kleinigkeiten geben wir uns nicht ab. Behandelt alle Menschen mit Respekt und denkt nicht, ihr seid etwas Besseres, weil ihr zu unserer Familia gehört. Wie ihr euch unseren Feinden oder Geschäftspartnern, der Polizei oder den Präsidenten gegenüber verhaltet, ist eine Sache, doch nicht den Leuten, die hier leben und niemandem etwas Böses wollen. Sie haben Respekt, doch ich möchte nicht, dass jemand denkt, wir wären Monster, die ihre Macht gegen jeden ausüben.«

Er sieht zu den Neuen und besonders zu den beiden, die er vorhin vor dem Restaurant gesehen hat. »Wirkliche Macht ist, wenn man die Macht hat, sie aber nicht gegen Schwache einsetzt. Ihr handelt in meinem Namen, und ich erwarte, dass ihr euch benehmt. Wenn ihr in einem Restaurant seid, zahlt eure beschissene Rechnung. Ihr habt dreimal so viel Geld wie die Leute, die dort hart arbeiten. Gebt ihnen einen Schein mehr Trinkgeld als nötig. Wenn hingegen ein Geschäftspartner versucht, unseren Namen im Dreck zu waschen, haltet ihm die Waffe an den Kopf und sorgt dafür, dass er das nie wieder tun wird. Das ist Macht und das ist genauso wichtig wie dieses Training. Also denkt daran, wenn ihr euch draußen bewegt, all das passiert in meinem Namen, und ich erfahre davon. Ich erwarte von meinen Männern, dass sie sich genauso benehmen, wie ich es gerade gesagt habe.«

Er sieht zu Loris und Elam, denen er am Anfang immer wieder versprechen musste, dass sie jederzeit gerecht sein werden, und dann wieder zu seinen Männern.

»Und jetzt ruht euch aus. Am Wochenende gibt es eine Feier, bei der wir die neuen Männer in die Familia einführen.«

Gemurmel erhebt sich, während die Männer aufstehen.

Thiago geht mit Saul in Richtung ihrer Häuser. Er sieht, wie Esau die beiden Männer zur Seite nimmt und wartet, bis Saul und er allein sind. Mittlerweile ist er einer seiner wichtigsten Vertrauten geworden, er schätzt die Meinung des Ex-Soldaten sehr.

»In einigen Tagen kommen die Frauen der Da Silvas zu uns. Es ist das Allerwichtigste, dass sie hier geschützt sind und sich trotzdem wohlfühlen. Sie werden für diese Zeit das Gelände nicht verlassen. Keiner darf wissen, dass sie hier sind, außer unseren Männern. Ich möchte, dass du einen Plan aufstellst, wer hierbleibt und sie schützt und wer mit uns nach Mexiko fliegt, und ich möchte, dass du mit den Frauen hierbleibst. So gern ich dich in Mexiko dabei hätte, ist nichts wichtiger als der Schutz der Frauen, und ich vertraue auf dich.«

Saul nickt und zieht sich sein durchgeschwitztes Shirt aus, als sie die Treppen vom Hang hochgehen und an seinem Haus halten. »Das mache ich, ich werde alles zu morgen aufstellen.«

Thiago klopft ihm auf die Schulter und will zu seinem Haus weiter, doch Saul hält ihn auf. »Wird Dania auch dabei sein?«

Thiago lacht leise. Er hat gesehen, dass Saul und sie sich viel unterhalten haben, als sie in Puerto Rico waren, und er kennt auch seine Geschichte. Saul ist schon als Kind in einem Heim als Soldat ausgebildet worden und hat immer nur im Militär gedient. Er hatte noch niemals eine Freundin oder eine richtige Frau an seiner Seite.

Er hat ihm erzählt, dass sie immer in Bordelle gegangen sind und sich dort ausgetobt haben. Erst seitdem er in ihrer Familia ist, lernt er Frauen kennen. Er hat auch hier seinen Spaß, denn ihm steht frei, zu machen, was er will, wenn er es dabei nicht übertreibt.

»Ja, sie alle kommen. Dania ist eine wunderschöne Frau, doch du weißt, dass ich es sehr bedauern würde, wenn einer meiner besten Männer seinen Kopf verliert, weil er die Schwester der Da Silva-Brüder verführt.«

Nun lacht auch Saul und hebt die Hand zur Verabschiedung.

Thiago geht allein weiter zu seinem Haus und betritt den Garten über den Eingang vom Meer. Er holt sein Handy aus der Shorts und ruft Alma an.

»Wo steckst du? Bist du fertig in der Stadt?«

»Ja, ich bin im Laden und räume noch einiges weg ...«

Thiago sieht nach der Uhrzeit. »Soll ich dich abholen? Oder ...?«

»Ich wusste nicht, ob ich einfach zu dir fahren soll. Ich will nicht, dass du denkst, ich bin jetzt ein Klammeraffe und hänge den ganzen Tag an dir. Deswegen bin ich in den Laden gefahren.«

Thiago bleibt am Eingang seines Gartens stehen und lächelt. »Habe ich den Eindruck gemacht, dass ich dich nicht am liebsten ab jetzt jeden Tag um mich haben möchte? Wenn du willst, kann ich aber auch gern zu dir kommen.«

Er hört, wie sich eine Tür schließt.

»Nein, ich fahre jetzt los, ich habe den Truck ja noch hier. Bis gleich.«

Er verabschiedet sich und will unter die Dusche. Aber dann hält er inne und geht doch noch einmal hinaus, um ans Ende des Geländes zu den Grabstätten zu laufen.

Er setzt sich in die Mitte auf die weiße Bank und spricht ein Gebet für die toten Menschen hier, die er alle so sehr geliebt hat. Dann steht er auf und streicht über den Gedenkstein von Rosa und seinem Sohn. Er weiß, dass es sie gequält hätte, ihn die letzten Jahre so leiden zu sehen, und dass es sie glücklich machen würde, ihn so zufrieden zu sehen. Dennoch will er, dass sie weiß, dass er sie und ihr Baby niemals vergessen und immer in seinem Herzen tragen wird.

Eine Weile bleibt er stehen und denkt an die beiden, bevor er hinaustritt und tief durchatmet, während er auf das wilde Meer und die Dämmerung hinausblickt. Das erste Mal seit langer Zeit fühlt er nichts als Glück in seinem Herzen.

Kapitel 15

»Okay, und wenn ich dich bitte ...?« Thiago küsst langsam Almas Hals entlang zu der Stelle, die ihr jedes Mal eine Gänsehaut verursacht.

Alma lacht und drückt ihn zärtlich weg. »Hör auf damit, Thiago. Ich bin gestern schon zu spät gekommen. Wer weiß, was mein Vater denkt.«

Thiago lässt Alma los und beißt in sein Croissant. »Er mag mich und hat gesagt, er ist beruhigt, wenn er weiß, dass du bei mir bist. Außerdem, was denkst du, macht er mit Gabriella? Die beiden wirken sehr verliebt.«

Alma zieht ihr hübsches Näschen nach oben, während sie ihre Tasche nimmt und ihr Handy einsteckt. »Sag so etwas nicht, das ist ...« Sie verzieht das Gesicht und kommt noch einmal zu ihm, küsst ihn auf den Mund und nimmt ihm das angebissene Croissant aus der Hand.

»Du musst dich der Wahrheit stellen, meine Hübsche.«

Alma lächelt. »Ja ... es ist nicht zu übersehen. Ich bin glücklich, dass er glücklich ist, aber ich möchte mir keine Details vorstellen. Bis später.«

Sie sind in den Tagen, die sie nun täglich zusammen sind, zu einer festen Einheit geworden. Es hat sich alles sehr schnell aufeinander eingespielt, ohne dass sie viel darüber sprechen mussten. Alma hat seit der ersten Nacht, die sie in seinem Haus verbracht hat, nicht eine Nacht mehr woanders geschlafen. Ihr Vater kommt jeden zweiten Tag zum Fischen und holt sie danach ab, und sie fahren nach einem gemeinsamen Frühstück in den Laden. Wenn er nicht fischen ist wie heute, fährt sie allein dorthin.

Thiagos Männer haben Alma schon vorher akzeptiert und respektieren sie jetzt als Frau an seiner Seite. Er ist froh, dass sie sich zwischen all den Chaoten wohlfühlt. Sie ist zu seinem Ruhepol geworden. Wenn Thiago einen anstrengenden Tag hatte, liebt er es, abends mit ihr auf einer Liege am Pool zu liegen und abzuschalten. Er liebt es, sie nachts im Arm zu halten, sie zum Lachen zu bringen und sie um sich zu haben. Er liebt sie. Mehr als er es jemals für möglich gehalten hätte. Das wird ihm in diesem Moment wieder richtig bewusst, und er wird ernst. »Komm noch einmal her.«

Thiago zieht sie an sich. »Ich liebe dich.«

Vielleicht hatte sie gerade dieselben Gedanken, denn auch sie schmunzelt nicht mehr, sondern sieht ihn auf die gleiche Weise an. »Ich dich auch.«

Thiago küsst sie zärtlich. Er lässt den Kuss intensiver, aber nicht fordernder werden, und als er ihn beendet, küsst er ihre Stirn. Einen Moment legt sie ihre Nase an seine Brust und atmet tief ein.

»Pass auf dich auf bei deinen Treffen.«

Thiago küsst ihre Wange und lässt sie los. »Tue ich immer, du brauchst dir keine Sorgen zu machen.«

Alma gibt ihm noch einen letzten Kuss auf den Mund und wendet sich dann ab. »Okay, bis später, melde dich zwischendurch.«

Er nimmt sich ein neues Croissant, während Alma die Haustür öffnet.

Sie lacht. »Du hast Besuch.«

Thiago sieht zum Flur, wahrscheinlich ist Dallas zu früh dran. Doch dann hört er ein Tapsen und ein Schnüffeln, und keine Sekunde später kommt Ace ins Haus gestürmt.

»Ace, du sollst doch bei deinen Geschwistern bleiben. Was tust du schon wieder hier?« Er versucht, den Welpen streng anzusehen, doch das gelingt ihm nie. Er beugt sich zu ihm hinunter und sieht sich das neue, schwarze Lederhalsband an seinem Hals an, auf dem in silbernen Buchstaben Fuego steht.

Thiago schüttelt den Kopf, steckt sein Handy in die Tasche seiner Jeans und pfeift leise, obwohl das gar nicht nötig wäre. Ace verlässt nie seine Seite, seitdem er und die anderen Hunde vor einigen Tagen auf das Gelände gezogen sind.

Zusammen mit dem Welpen geht er zum Wachhaus, wo seine Geschwister sind.

Er war sich nicht sicher, ob das mit den Hunden klappen würde, doch alle Männer haben sich sofort in sie verliebt. Ständig sind die Kleinen bei einem auf dem Arm. Die Hundehütten, die sie haben, sind richtige kleine Luxushäuser, die die perfekte Temperatur haben, mehrere Kuschelkissen und Kuscheldecken und einiges an Spielzeug. Die Haushaltshilfen kochen den dreien jeden Tag zwei Mahlzeiten nach Plan, der genau auf sie und ihr Training abgestimmt ist.

Thiago hat Alma und den Männern erklärt, dass sie Wachhunde werden sollen und keine Schoßhunde, doch ob das nach all dem Spielen und Kuscheln etwas werden wird, weiß er noch nicht. Der Trainer war gestern hier und hat den Vater der Welpen mitgebracht. Dallas und Esau haben alles genau verfolgt, damit sie die drei auch allein trainieren können. Thiago ist gespannt, wie sich das weiter entwickeln wird. Im Augenblick scheint es ein Hundeparadies zu sein. Solange sie dann später das Grundstück bewachen, soll es ihm recht sein.

Ace rennt über den Rasen am Straßenrand, während Thiago jeden begrüßt, der an ihm vorbeigeht. Als er am Wachhaus ankommt, hat Loris, der gerade mit im Haus sitzt und sich mit den Männern auf einem iPad ein Fußballspiel ansieht, Anibal im Arm und krault ihn.

»Wo ist Kobe?«

»Esau ist joggen gegangen. Er hat ihn mitgenommen, dabei kann der Hund gleich die Strecke kennenlernen, die er später bewachen soll.«

Thiago nickt und setzt sich zu den Männern. Sogleich kommt Ace zu ihm und legt sich neben ihm auf den Boden. »Wie machen sich die neuen Männer?«

Die anderen beiden Männer im Wachhaus sehen zu ihm. »Sie sind schon völlig in der Gruppe drin. Heute Abend gibt es eine Party, da kannst du dich ja selbst überzeugen.«

Thiago nickt und lehnt sich zurück. Für ihn ist es schwer, die Neuen einzuschätzen, da sie sich vor ihm immer von ihrer besten Seite zeigen wollen. Deswegen fragt er häufig bei den anderen Männern nach, was sie denken. Eine Weile sieht auch er dem Fußballspiel zu, dann geht er mit Loris zurück zu seinem Haus. Loris sitzt noch immer an der Restplanung für Mexiko. Der Startschuss wird in ein paar Tagen sein und Thiago will, dass alles reibungslos abläuft. Der Angriff auf Mexiko wird für sie und die Da Silvas ein schwerer Kampf werden.

Ayla hat ihn vorgestern angerufen und ihm gesagt, dass sie ihn nächste Woche besuchen kommen wird, um sich seine Antwort zum Feldzug gegen die Da Silvas persönlich abzuholen. Er hat ihr gesagt, dass er auf sie wartet. Sie ahnt nicht, dass sie diese Antwort schon viel früher bekommen und sie anders ausfallen wird, als sie denkt.

Erst als Thiago in seinen Mercedes steigt, bemerkt er, dass Ace ihm noch immer auf den Fersen ist. Er seufzt leise und lässt ihn auf dem Beifahrersitz einsteigen. Ace legt sich in den Fußraum und rollt sich entspannt zusammen, während Thiago Gas gibt.

Als er am Wachhaus hält, sieht einer der Wachen zu ihm ins Auto und entdeckt den Hund. Der Mann kann sich ein Grinsen nicht verkneifen. »Warte, ich gebe dir eine Leine für ihn mit.«

Auch Thiago lacht und deutet auf Ace, der nicht einmal hoch-sieht. »Du denkst doch nicht, dass er freiwillig meine Seite verlässt. Die brauche ich nicht.«

Der Wachmann klopft einmal auf sein Autodach, und Thiago fährt weiter.

»Na dann, Ace, auf zu deinem ersten Auftrag.«

Ace blinzelt, gähnt und schließt die Augen wieder. Thiago stellt das Radio leise an und schüttelt schmunzelnd den Kopf. Das kann noch etwas werden.

Dallas und Saul warten vor einem Restaurant im Hafen auf ihn. Hier wollen sie die brasilianischen Geschäftskunden treffen. Es sind zwei bekannte Unternehmer aus Brasilien, die mehrere Securi-tyschulen betreiben und diese komplett neu mit Waffen ausstatten wollen. Sie haben von ihren Waffen gehört, haben einige zum Tes-ten bekommen und sind nun hier, um einen Deal auszuhandeln.

Dallas und Saul stehen an Dallas' Auto und unterhalten sich. Als Thiago hinter Dallas parkt und aussteigt, beginnt Ace sofort zu winseln. Deshalb greift er ihn und nimmt ihn auf den Arm.

»Ihr beiden seid unzertrennlich.« Dallas schüttelt grinsend den Kopf.

»Der bleibt die ganze Zeit bei mir, da kann man nichts machen.« Thiago setzt den Hund auf den Boden, und sie betreten die Ter-rasse des Restaurants.

»Die Brasilianer haben angerufen. Sie stecken im Stau und kom-men eine halbe Stunde später.« Saul steckt sein Handy weg und folgt ihnen.

Das Restaurant ist relativ leer. Sie gehen an ihren üblichen Platz, und sofort eilt ein Kellner herbei, der auch gleich eine Schüssel mit Wasser für Ace hinstellt, der sich allerdings müde an Thiagos Bei-ne lehnt.

»Dann kann ich vorher noch in Ruhe essen. Ich hatte nicht viel zum Frühstück. Habt ihr schon gegessen? Was war mit den Russen? Konntet ihr in der Botschaft etwas wegen der Lieferungen erreichen?«

Sie alle bestellen sich etwas zu essen und besprechen verschiedene Themen. Aus dem Augenwinkel sieht Thiago, wie fünf Männer die Terrasse betreten. Es erkennt sie sofort. Es ist Pepe, die rechte Hand von Marco, ihren früheren Waffenhändlern aus Venezuela, die nicht mehr allzu gut auf sie zu sprechen sind.

Er bemerkt, wie Dallas und Saul unter dem Tisch ihre Waffen ziehen. Thiago hingegen lehnt sich zurück und zündet sich eine Zigarette an. Was haben die verdammten Venezolaner in Honduras verloren?

Pepe steuert auf sie zu. »Thiago, wo sind unsere brasilianischen Freunde? Du weißt, dass das jahrelang unsere Abnehmer waren, und als sie uns angerufen und uns erzählt haben, dass sie euch heute hier treffen, um sich ein neues Angebot einzuholen, dachten wir, wir schauen mal vorbei und machen deutlich, dass Venezuela die Waffen liefert und sonst niemand.«

Thiago lacht auf. »Tut ihr das? Ich denke, Zeiten ändern sich und das ist ein freier Markt. Wenn die Brasilianer lieber auf Qualität setzen, ist das ihre Entscheidung. Nun kommen wir mal zu etwas wichtigeren Fragen: Was tut ihr hier in Honduras? Ich kann mich nicht daran erinnern, euch eingeladen zu haben.«

Pepe kommt noch näher. In diesem Moment springt Ace auf, stellt sich vor Thiago und knurrt. Da er noch so klein und tollpatschig ist, sieht es niedlich aus. Doch man kann erahnen, was für ein guter Wachhund er einmal werden wird.

»Wow, ich bin beeindruckt. Wie du es schon gesagt hast, es ist ein freier Markt und wir verhindern, dass unser Kunde einen Fehler macht und ...«

Eine von Thiagos größten Stärken war es schon immer, schneller als die meisten zu sein. Bevor Pepe ausgesprochen hat, ist Thiago aufgestanden, hat ihn am Nacken gepackt und sein Gesicht mit

154

voller Wucht auf ihren Tisch geschlagen. Pepe hat seine Waffe an seiner Wange, bevor seine Männer mit den Wimpern zucken konnten.

»Du verdammter ...« Thiago nimmt seine Zigarette und drückt sie Pepe mitten auf dem Handrücken langsam aus. Seine Männer kommen näher, als dieser aufschreit, doch ohne hinzusehen weiß Thiago, dass Dallas und Saul sie im Griff haben. »Eigentlich hatte ich heute einen guten Tag, Pepe. Wieso warst du so lebensmüde, das zu ändern? Ihr seid hier nicht in Venezuela. Vor dir steht nicht die alte Familia, die hier und da noch ein Auge zugedrückt hat. Das ist die allerletzte Warnung: Verpisst euch und kommt uns nie wieder in die Quere, oder Venezuela wird eines unserer nächsten Ziele sein. Das sind nicht die letzten Kunden, die wir übernehmen. Bestellt Escobar schöne Grüße, er kann sich seine Preiserhöhung sonst wohin stecken. Das hätte er sich lieber zweimal überlegen sollen. Sag deinen Männern, sie sollen ihre Waffen auf den Boden legen.«

Er zieht Pepes Waffe aus dem hinteren Hosenbund und reicht sie an Dallas weiter. »Die werden wir gleich unseren neuen Geschäftspartnern zum Vergleich mit unseren zeigen, damit sie unsere Qualität auch noch einmal besser verstehen und wir den Preis dank dir noch mehr hochschrauben können.«

Er hat vorhin schon einen Polizeiwagen auf der anderen Straßenseite gesehen. Die beiden Beamten beobachten das, was hier passiert, würden es aber nie wagen, einzugreifen. Thiago pfeift und bedeutet ihnen, zu kommen. »Gib mir deinen Autoschlüssel.«

Pepe flucht, doch er reicht Thiago mit der heilen Hand den Schlüssel. »Das ist ein Mietwagen.«

Thiago sieht zu dem silbernen Mercedes. »Nicht mein Problem. Sieh es als Wiedergutmachung für euer unerwünschtes Erscheinen. Wo steht euer Flieger?«

Die Polizisten kommen heran und ziehen dabei ihre Pistolen. Pepes Begleiter haben alle ihre Waffen abgelegt, und Saul hat sie eingesammelt. Die Menschen um sie herum beobachten alles, aber niemand sagt einen Ton.

»Nehmt die vier mit, sie sind in Honduras nicht erwünscht. Fahrt sie direkt zum Flughafen, Hangar 5, und sorgt dafür, dass sie sofort hier verschwinden.« Thiago sieht auf das Namensschild und dem einen Polizisten dann in die Augen. »Verstanden, Gomez? Sonst mache ich dich persönlich dafür verantwortlich.«

Gomez nickt. Saul hilft ihm und seinem Kollegen, allen vieren Handschellen anzulegen. Pepe sieht hasserfüllt zu Thiago, doch bevor er etwas sagen kann, hebt Thiago die Hand. »Überlege es dir gut. Du atmest nur noch, weil mein Tag bisher gut war.«

Die Polizisten schubsen die vier schon zum Streifenwagen. In dem Moment, als sich Thiago, Saul und Dallas wieder setzen, wird ihnen ihr Essen gebracht.

»Das wird Ärger geben. Ich hatte gehofft, die Venezolaner geben Ruhe.« Dallas kann sich einen wilden Fluch nicht verkneifen.

Thiago schneidet von seinem Steak ein Stück für Ace ab und gibt es ihm. Das hat er sich verdient. »Sie werden nicht die Letzten sein, die Probleme machen. Je größer unsere Macht wird, desto mehr werden die Leute uns angreifen. Wir müssen mit dem Flughafen sprechen. Alle privaten Flüge, die reinkommen, sollen uns ab jetzt gemeldet werden. Doch jetzt lasst uns erst einmal Geld verdienen.«

Genau als das Polizeiauto abfährt, hält ein Taxi und die beiden Brasilianer steigen aus.

Das Gespräch läuft gut. Die Brasilianer sind ja schon von ihren Waffen überzeugt, und da es sich um solch eine große Abnahme-menge handelt, werden sie sich nach einigen Minuten über den Preis einig. Sie besprechen gerade noch die letzten Details, da klingeln die Handys von Dallas, Thiago und Saul gleichzeitig, was nie ein gutes Zeichen ist.

Thiago steht auf und nimmt das Gespräch an, während die beiden anderen sitzen bleiben und die erste Lieferung fix machen.

Es ist Esau. »Hier sind gerade drei Kerle in einem Mietwagen vorgefahren und dachten, sie könnten uns angreifen.«

Thiago flucht. Er hätte sich denken können, dass Pepe nicht allein hier auftaucht. Wahrscheinlich war das parallel geplant. »Diese verdammten Venezolaner. Wie weit sind sie gekommen?«

Esau hört sich sehr entspannt an. »Nicht weit. Mikail hat gesagt, dass es Escobars Leute sind. Er hat sie erkannt. Sie sind nur beim ersten Wachhaus gewesen und nicht einmal dazu gekommen, einen Schuss abzufeuern. Unser Gebiet ist wirklich von allen Seiten bombenfest. Das Problem war in zwei Minuten erledigt.«

Thiago atmet durch. »Okay, wir kümmern uns darum und schicken Escobar eine nette Nachricht im Flieger zurück. Tu mir einen Gefallen und ruf auf der Polizeiwache an. Sie sollen diesen Gomez kontaktieren und ihm sagen, er und sein Kollege sollen die Männer noch nicht in den Flieger lassen, sondern auf uns warten.«

Er weiß, dass Esau nicht versteht, wovon er spricht, den Befehl aber trotzdem ausführen wird. Thiago geht zurück zum Tisch, wo die Gespräche offenbar beendet sind und strahlt die beiden neuen Geschäftspartner an.

»Meine Herren, es ist uns ein Vergnügen, in Zukunft mit Ihnen Geschäfte zu machen. Leider müssen wir dringend los. Einen guten Rückflug heute Abend, und nächsten Monat kommt die erste Lieferung.«

Die beiden Männer stehen auf und schütteln ihnen die Hände. »Das ist schade, hoffentlich nichts Unangenehmes.«

Thiago zuckt die Schultern. »Nein, nichts, was wir nicht im Griff hätten. Auch wir müssen unsere eigenen Waffen hin und wieder gebrauchen und testen.«

Erst drei Stunden später betritt Thiago Almas Laden. Er ist müde, während Ace gerade gegessen und geschlafen hat und nun vergnügt neben ihm in den Laden springt. Wie Thiago es vermutet hat, ist der Hund nicht einmal von seiner Seite gewichen.

Almas Vater schließt gerade die Kasse und sieht auf. »Thiago, wir haben gerade zugemacht und ich wollte los. Es ist gut, dass du da bist. Alma ist schon die ganze Zeit nervös.«

Thiago blickt sich um. »Wieso ist sie nervös? Wo steckt sie?«

Ihr Vater geht ins Lager und schaltet dort das Licht aus. »Du weißt doch, wenn sie nachdenkt oder etwas auf dem Herzen hat ...«

Thiago deutet nach draußen. »Gemüsebeete.«

Der Vater lächelt. Ja, wenn Alma sich gedanklich mit etwas beschäftigt, verbringt sie Stunden bei ihrem Obst und Gemüse.

Als Thiago jetzt zu ihr nach draußen an die Gemüsebeete tritt, springt Ace sie an und versucht sie abzuschlecken, denn er liebt auch Alma sehr. Alma lacht und steht auf. Als sie dann zu Thiago blickt, sieht er sofort, dass etwas nicht stimmt.

»Ihr wurdet angegriffen?«

Daher weht der Wind, so etwas spricht sich immer schnell in der Stadt herum.

»Ja, aber ...«

Alma streicht sich etwas Erde von der Stirn. »Komm nicht auf die Idee, mich wieder wegzuschicken, Thiago. Mir geht es gut, ich ...«

Thiago lacht. Deswegen ist sie so nervös? Wie sehr er diese Frau liebt. Sie hat keine Ahnung, wie viel sie ihm bedeutet.

»Mein Herz, es ist alles gut. Der Angriff war ... nichts. Unser Gebiet ist mittlerweile absolut sicher, und ich mache mir keine Sorgen.« Er geht zu ihr, nimmt sie in die Arme und gibt ihr einen Kuss auf die Lippen. »Und um nichts in der Welt würde ich dich noch einmal freiwillig gehen lassen, hörst du? Ich hoffe, dass du darauf vertrauen kannst. Das zwischen uns werde ich nicht mehr so schnell aufgeben. Du brauchst dir keine Sorgen zu machen. In Ordnung?«

Man sieht ihr die Erleichterung an, und Thiago kann es ihr nach seiner Reaktion beim letzten Mal nicht verdenken.

Nun ist sie diejenige, die ihre Arme um seine Schultern legt und ihm einen süßen Kuss auf den Mund gibt. »Ich habe dich heute schrecklich vermisst.«

Thiago sieht ihr in die Augen. »Ich dich auch. Lass uns nach Hause fahren.«

Kapitel 16

Alma gibt ihm einen zärtlichen Kuss auf die Lippen. »Wann fliegt ihr genau los?«

Thiago weiß, dass der bevorstehende Angriff auf Mexiko Alma sehr mitnimmt. Sie ist auch diese Nacht schlecht eingeschlafen. Normalerweise hält er sie in der Nacht immer fest im Arm und zieht sie immer enger an sich. Gestern lag sie halb auf ihm, doch all das liebt Thiago. Er hat sich niemals vorstellen können, dass er es nach all den Geschehnissen noch einmal so sehr genießen kann, eine Frau bei sich zu haben, doch er bekommt nicht genug von ihr.

»Wir besprechen das morgen im Laufe des Vormittags. Wir müssen das mit den Da Silvas absprechen, damit wir ungefähr zur selben Zeit ankommen. Sie brauchen fast doppelt so lange wie wir.«

Er erkennt die Sorgen in ihren Augen und nimmt sie fest in die Arme. Sie wollte schon vor zehn Minuten los, doch wegen Thiago kommt sie regelmäßig zu spät zur Arbeit. Er schafft es nicht, sie gehen zu lassen.

»Ich werde dir diese Sorgen nicht nehmen können, wenn ich zu solchen Einsätzen unterwegs bin. Doch ich hoffe, dass du dich nach einiger Zeit daran gewöhnen wirst, Alma. Ich kann dir nur versprechen, alles dafür zu tun, dass ich und die anderen gesund zurückkommen. Ich werde gut auf mich aufpassen, vertrau mir.«

Alma seufzt leise und gibt ihm einen letzten Kuss auf die Lippen. »Ich denke nicht, dass ich mich jemals daran gewöhnen werde, dass du zu solchen Kämpfen fliegen wirst und ich damit rechnen muss, dich zu verlieren. Das ist unmöglich. Doch ich weiß, dass es … dass du das tun musst. Auch wenn es mir das Herz bricht, werde ich versuchen, damit umzugehen zu lernen. Ich muss los, ich melde mich.«

Thiago lehnt sich im Bett zurück, während sie aufsteht und losgeht. »Wir haben für heute Abend eine Überraschung geplant, denk dran.«

Er hört Alma die Treppen hinuntergehen und dann, wie die Tür ins Schloss fällt. Er hat sich gestern lange mit Diego am Telefon darüber unterhalten. Sie alle wissen, was für eine Bürde sie mit ihrem Leben den Frauen an ihrer Seite auferlegen. Sie sind diejenigen, die handeln, sie können den Lauf der Dinge beeinflussen, deswegen fällt es ihnen auch nicht so schwer. Die Menschen, die sie zurücklassen, können nichts tun, ihnen sind die Hände gebunden. Sie können nur hoffen, dass alle heil nach Hause kommen. Er denkt nicht, dass er das könnte.

Er steht auf, lässt die Rollläden hochfahren und geht unter die Dusche. In den letzten Tagen hatten sie viele Termine. Alles läuft gut, besser als sie geglaubt haben, doch dementsprechend haben sie viel zu tun. Heute hat er keinen Termin. Sie haben alles abgesagt, um den Tag heute entspannt zu verbringen, bevor es morgen losgeht.

Als er seinen begehbaren Kleiderschrank betritt und Almas Kleidungsstücke erblickt, muss er schmunzeln. Seitdem er sie aus dem Krankenhaus geholt hat, hat sie keine Nacht mehr woanders geschlafen.

Er zieht sich eine schwarze Jogginghose, ein weißes Shirt und nur seine Sportschuhe über. Nach ihrem Abschlusstraining gestern tun ihm noch alle Knochen weh. Er wird nachher allenfalls noch ein paar Runden im Pool schwimmen.

Erst einmal geht er nach unten. Mittlerweile hat es sich so eingeschlichen, dass Ace bei ihnen im Haus im Flur auf einem weichen Hundebett schläft. So war es eigentlich nicht gedacht, doch Ace hat sich dazu entschieden, nicht von Thiagos Seite zu weichen, und er hat es nicht übers Herz gebracht, ihn winselnd vor dem

Haus sitzen zu lassen. Sobald er ein fertig ausgebildeter Wachhund ist, soll er aber draußen bei seinen Geschwistern in der Hütte schlafen.

Ace steht auf, sobald Thiago die Treppen herunterkommt und in die Küche geht.

»Na, Kumpel, hast du schon Hunger?« Sein Futter bekommt er mit den anderen Hunden, damit er sich nicht endgültig im Haus einnistet.

Thiago gießt sich einen Kaffee ein, nimmt sich eines der belegten Sandwiches, die von der Haushälterin bereitgestellt wurden, und verlässt mit Ace das Haus.

Entspannt gehen sie zum Wachhaus, wo Ace begeistert von seinen Geschwistern begrüßt wird und er von Mikail seinen Napf hingestellt bekommt. Die drei Hunde wachsen Tag für Tag und wirken mit jedem neuen Zentimeter edler.

Mikail legt die Füße wieder auf den Tisch und kaut auf einem Zahnstocher. »Ist richtig langweilig, nichts zu tun zu haben.«

Thiago beißt von seinem Sandwich ab und sieht auf die Uhr. »Wir haben in einer Stunde unsere Besprechung. Bis dahin kannst du noch deine Eier schaukeln. Glaub mir, morgen wirst du genug um die Ohren haben.«

Er pfeift, und die drei Welpen kommen hinter ihm her. Sie kämpfen spielerisch miteinander, während Thiago an den Häusern vorbei zu den Feldern geht und zum Ende ihres Gebietes zum zweiten Wachhaus. Auch hier steht ein Hundehaus und die drei gehen es gleich inspizieren. Noch waren sie nicht allzu oft hier, doch auch das wird sich bald ändern.

Thiago kommt selten dazu, sich über alles einen Überblick zu verschaffen, doch genau das will er heute machen. Er unterhält sich mit den Männern dort und geht danach an der neu gezogenen Mauer und ihrer Grenze entlang zu den Lagern.

Es wird gerade eine Ladung für Bolivien fertiggestellt, die mit dem Boot verschickt werden soll. Thiago sieht sich alles an und geht von dort zur Fabrik und den Cannabis-Feldern. Hier arbeitet die Familie, die für die Cannabis-Pflanzen und das Ernten zuständig ist. Sie sind jeden Tag zwei Stunden hier und immer von Wachen bewacht. Auch wenn sie sie mögen und sie gute Arbeit leisten, behalten seine Männer sie im Auge. Thiago will keinen Fehler begehen. Auf ihrem Gebiet müssen sie alles unter Kontrolle haben.

Er stellt sich zu den Arbeitern, lässt sich die Ernte zeigen, die neuen Tüten mit dem Logo F, die sie geliefert bekommen haben, und wie gut die Pflanzen wachsen. Dann geht er in die Fabrik. Hier arbeiten Männer, die Teil der Familia werden wollen und sich beweisen müssen. Sie werden bezahlt und sie beobachten sie. Wenn welche herausstechen, können sie irgendwann am Training teilnehmen, ansonsten können sie weiter hier arbeiten, falls sie das wollen. Diese Reglung gilt noch nicht lange. Zudem arbeiten auch fünf ältere Männer mit Erfahrung aus der Stadt hier, die sich sofort beworben haben, nachdem sie davon gehört haben.

Thiago nimmt sich die Zeit, um mit allen Männern zu sprechen. Sie sind im ersten Moment etwas eingeschüchtert, doch das verspielte Welpentrio lockert die Stimmung stets schnell auf. Thiago sieht allen über die Schulter und begutachtet die neuesten Waffen, um sich von der gleichbleibend guten Qualität zu überzeugen.

Erst dann geht er langsam zum Gemeinschaftshaus. Die Welpen begleiten ihn, bleiben aber vor dem Besprechungsraum sitzen und legen sich auf einen der weichen Läufer im Flur. Sie brauchen noch eine Menge Schlaf.

Der innere Kreis ist vollständig - bis auf Malik, Isam und Aden, die noch in Chile sind und dort gute Fortschritte machen. Sein kleiner Bruder schätzt, dass sie in einem Monat zurückkommen können und es genügen wird, nur ein paar Männer dort zu lassen, die dann dauerhaft mit den Aquillas zusammen für sie von dort agieren.

Thiago sieht zu Loris, Dallas, Mikail, Elam, Saul und Esau. Sie wirken entspannt, auch wenn man Dallas und Mikail ansieht, dass sie es kaum erwarten können, aufzubrechen. Loris, Esau und Saul bleiben hier, sie werden mit zehn Männern die Frauen und das Grundstück bewachen. Sie schätzen, dass sie um die vier Tage weg sein werden. Sie werden insgesamt vierzig Mann sein, die Da Silvas noch einmal doppelt so viel. Die Puerto Ricaner haben einen sehr guten Plan entwickelt und ihnen zukommen lassen. Die Mexikaner werden ihrer aller Macht zu spüren bekommen, doch keiner von ihnen macht den Fehler, sie zu unterschätzen.

Deswegen sitzen sie eine Stunde zusammen und gehen noch einmal alles durch. Sie werden von einem stillgelegten Flughafen aus starten, zwei Stunden vom Hauptquartier der Kaberanos entfernt. Sobald sie gelandet sind, geht es los. Sie müssen den Überraschungseffekt nutzen und dürfen nicht das Risiko eingehen, vorher entdeckt zu werden. Es gibt in Mexiko verteilt mehrere Lager der Kaberanos, doch wenn sie den Hauptsitz eingenommen haben, ist das Schwerste geschafft.

Ihnen allen ist klar, dass das kein Spaziergang wird, und sie müssten sich diesem Risiko nicht aussetzen, doch die Da Silvas sind ihre engsten Verbündeten.

Am Ende der Besprechung bekommt Thiago einen Anruf. »Das Boot mit den Frauen ist da.«

Diego und Dario haben die Frauen mit dem Schiff weggebracht, so heimlich wie es geht. Sie selbst sind noch in Puerto Rico und haben heute auch noch wichtige Termine, sodass niemand, der nicht zu den Da Silvas gehört, bemerken wird, dass die Frauen weggebracht wurden. Deswegen auch der Weg über das Wasser.

Thiago geht mit den anderen sechs Männern zum Meer. Als sie am Strand ankommen, legt das Boot gerade an. Sie treten vor und begrüßen die Frauen, die ihnen Copan und Nael reichen. Dann helfen sie Jemina von Bord, die sie anstrahlt und alle umarmt. Dania, Diegos und Darios Schwester, ist eher zurückhaltend, begrüßt sie aber alle und hilft dann der schwangeren Eleonora von Bord. Thiago wird noch einmal bewusst, was für ein Vertrauensbeweis das von Diego und Dario ist.

Ihre Eltern sind in Amerika, genau wie die Verlobte von Nicky, die gerade ihre Eltern besucht. Thiago küsst Copans weiche Wangen und legt den Arm um Jemina, als sie den Steg verlassen. Er versichert ihnen, dass sie sich hier wie zu Hause fühlen können und absolut sicher sind. So eine Schifffahrt ist anstrengend, und man sieht ihnen auch die Sorgen wegen des Angriffs an. Die Männer der Da Silvas, die die Frauen gebracht haben, machen sich direkt auf den Weg zurück.

Dania und Eleonora sehen sich am Strand um. »Es ist sehr schön hier.« Darios hübsche Frau lächelt Thiago an.

Er versteht, wieso der Anführer der Da Silvas Eleonora verfallen ist, und sein wildes Leben, für das er überall bekannt war, aufgegeben hat. Eleonora und Dania kennen sie, denn sie waren nun schon einige Male in Puerto Rico. Dass ihre Männer und Brüder ihnen so sehr vertrauen, lässt sie nach und nach entspannen, während sie beobachten, dass Nael mit den drei Welpen über den warmen Sand rennt. Als er sich hinsetzt und die drei Welpen sich neben ihm platzieren, macht Thiago ein Foto davon und schickt es Dario. Er schreibt dazu, dass ihre Frauen sicher angekommen sind.

Damit sie sich wohlfühlen, bietet Thiago den Frauen an, ihnen alles zu zeigen. Dallas hat ihnen etwas zu trinken und Kekse für Nael besorgt. Die Taschen werden in das Haus gebracht, was sie für die Frauen hergerichtet haben.

Sie gehen über den Strand bis zum Ende des Gebietes, wo sie mit dem Rundgang beginnen.

Jemina bleibt bei ihm, und er küsst ihre Stirn. »Es ist so schön, wieder zu Hause zu sein.«

Thiago trägt Copan auf dem Arm. »Wenn sich alles wieder normalisiert hat, musst du öfter kommen. Das Haus, was ich für euch bereitgestellt habe, ist letzte Woche fertig geworden. Ich werde es für dich einrichten lassen, damit du dein eigenes hier hast. Das hier wird immer dein Zuhause bleiben.«

Jemina lächelt ihn dankbar an, und sie beginnen den Rundgang in der Fabrik und auf den Feldern, auf denen Nael sich gleich ein paar Äpfel holt. Thiago stellt den Frauen alle Männer vor, die ihnen begegnen, und sie bleiben lange bei der Grabstätte, wo alle für Jeminas Familie und ihre alte Familia beten. Dann bringen sie sie in das Haus, was für sie bereitgemacht wurde.

Es ist Hähnchen mit Reis für sie gekocht worden, und es stehen Geschenke für Nael und Copan bereit. Sie ziehen sich zurück und lassen die Frauen in Ruhe ankommen. Thiago erinnert sie daran, dass sie abends etwas geplant haben, doch erst einmal können sie sich hier ausruhen. Sie haben einen großen Garten und einen direkten Zugang zum Meer.

Thiago schreibt Alma und fragt sie, ob alles in Ordnung sei, ehe er einige Runden im Pool schwimmt und danach auf der Liege im Schatten einschläft.

Als er wieder wach wird, zieht er sich um und geht zum Meer. Die Sonne wird bald untergehen, und die Vorbereitungen für das Fest sind in vollem Gange. Überall sind Fackeln entzündet und Lampions aufgestellt. Im Sand ist ein großes Loch ausgehoben, wo mit Holzscheiten ein Feuer entzündet wird. Es werden Liegen, Stühle und Loungesessel gebracht. Vor dem Haus, in dem Alma gelebt hat, ist eine Musikanlage aufgebaut. Die Kohle für die Grills glüht bereits und zwischen all den Männern, die das vorbereiten, und den Haushaltshilfen, die sich um das Buffet kümmern, was aufgebaut wird, läuft Jemina umher und lacht über Dallas' Witze. Mikail hat Copan im Arm, und Thiago nimmt sich ein Bier und setzt sich zu ihm.

Das hier wird ihnen allen vor solch einem Angriff guttun.

In dem Moment, als die Sonne das Meer berührt und der Himmel in den schönsten Rottönen scheint, kommen Dania und Eleonora zu ihnen. Die beiden haben sich wie Jemina Strandkleider und Strickjacken übergezogen. Nael setzt sich neben sie in den Sand und spielt mit seinen Buddelsachen.

Jemina sieht sich glücklich um und strahlt Thiago an. Solche Abende gab es früher öfter. Thiago wollte sie daran erinnern, und es scheint ihm gelungen zu sein.

Es wird Fisch und Fleisch verteilt, dazu gibt es mehrere Salate und andere Kleinigkeiten am Buffet. Alle reden durcheinander, und Thiago beobachtet, wie Dania und Saul sich etwas abseits von allen hinsetzen und miteinander sprechen. Er seufzt leise. Er hat eine böse Vorahnung, doch er ist der Letzte, der Saul etwas vorwerfen könnte. Dania ist eine wunderschöne Frau. Dass die Da Silvas ihre Brüder sind, ist dumm gelaufen, doch er kann Saul so gut einschätzen, dass er keinen Blödsinn mit Dania anfängt. Deswegen widmet er sich Jemina und Eleonora, die von Elam erklärt bekommen, was sie mit den drei Welpen vorhaben, die alle am Strand zwischen ihren Füßen liegen und schlafen.

Irgendwann kommt dann Alma zu ihnen. Sie trägt noch dasselbe Kleid wie heute früh und hat ihre Sandalen in der Hand. Thiago zieht sie auf seinen Schoß und stellt sie Jemina und Eleonora vor.

Jemina muss grinsen. »Du bist doch die Frau, die hier im Haus gelebt hat? Als ich dich damals gesehen habe, wusste ich, dass irgendwer hier sein Herz an dich verlieren wird, und ich freue mich so sehr, dass es Thiago ist. Hast du wirklich allein hier mit deinem Vater gelebt?«

Auch Eleonora sieht sie interessiert an, als Alma von damals erzählt und ausgefragt wird, wie es ist, hier als einzige Frau in der Familia zu leben. Thiago hat nicht einmal mehr als zwei Worte sagen müssen, und schon haben die Frauen angefangen, sich zu unterhalten und hören gar nicht damit auf, während sie Marshmallows an Stöcken ins Feuer halten.

Thiago lehnt sich zurück, und Dallas, der neben ihm sitzt, hebt sein Bier. Sie stoßen beide an - auf die Familia, auf all die Menschen, die sie lieben und mit denen sie diesen gemütlichen Abend verbringen.

»Auf heute Abend und den Kampf morgen.« Thiago trinkt einen Schluck, wobei er Almas Taille umfasst und ihre Hand in seine nimmt.

Kapitel 17

Alma blickt in den Spiegel, sieht in ihre müden Augen, streicht sich über die blasse Haut und bindet sich ihre Haare zu einem strengen Zopf nach hinten. Sie sieht so erschöpft aus, wie sie sich fühlt.

Sie hat die Nacht kaum geschlafen und die Nacht davor erst recht nicht, und das sieht man ihr auch an.

Vor drei Tagen sind die Männer nach Mexiko geflogen. Sie hat sich darauf eingestellt, dass ihr das schwerfallen wird, doch wie schlimm es wirklich sein würde, Thiago zu verabschieden und danach zurückzubleiben, ist ihr nicht bewusst gewesen.

Sie ist in den Laden gefahren und hat alle paar Minuten auf die Uhr geschaut. Denn sie wusste, wann ungefähr was passieren sollte, und ist fast wahnsinnig geworden. Kurz bevor der Angriff stattfand, hat Thiago ihr eine Nachricht geschickt, dass er sie liebt, aber die Nachricht mit ihrer Antwort hat er schon nicht mehr gelesen, und dann begannen grausame Stunden.

Ihr Vater hat Alma nach Hause geschickt, weil sie so nervös war. Natürlich weiß er davon, wo Thiago ist und was dort passiert. Er kennt nicht alle Details, aber genug, um zu wissen, wie gefährlich das ist, was in Mexiko stattfindet.

Um nicht ganz durchzudrehen, ist sie zurückgefahren und in das Haus gegangen, wo die Frauen der Da Silvas zur Zeit leben. Alma hat gehofft, sie könnten ihr die Anspannung nehmen, dass sie gut mit der Situation umgehen können, doch das Gegenteil war der Fall. Sie waren genauso nervös. Während sie Nael beim Spielen im Garten zugesehen haben, saßen sie bis spät in die Nacht zusammen. Sie haben sich unterhalten und auf eine Nachricht gewartet, die dann auch kam, doch nicht so, wie sie es sich vorgestellt haben.

Der erste große Angriff war erfolgreich. Die Männer haben den Hauptsitz der mexikanischen Familia eingenommen und zerstört. Es hat lange gedauert, da es wie eine Kleinstadt aufgebaut ist. Irgendwann haben die restlichen Männer aber aufgegeben und sind geflohen. Auch auf der Seite der Fuegos und der Da Silvas gibt es Verletzte. Mikail hat eine Kugel ins Bein bekommen und auch andere sind verletzt, sie alle wurden sofort verarztet.

Allerdings waren der Anführer der Mexikaner und seine wichtigsten Männer nicht da. Sie waren zu diesem Zeitpunkt in einem anderen Wohnsitz am Meer, um dort einige Dinge zu erledigen. Somit sind sie nun gewarnt, und es war klar, dass die nächsten Angriffe viel schwieriger werden würden. Die Fuegos und die Da Silvas haben sich nur kurz ausgeruht und dann drei weitere Orte angegriffen.

Alma konnte in der Nacht kaum schlafen, und erst am nächsten Mittag hat sie erfahren, dass auch diese Orte eingenommen wurden, es aber wieder viele Verletzte und auch zwei Tote unter ihren Männern gab.

Nun steht nur noch der Angriff auf das Haus am Meer bevor. Der Anführer soll sich mit den restlichen Männern darin verschanzt und eine andere Familia zur Unterstützung haben.

Thiago hat Alma in der Nacht geschrieben, sie gefragt, ob bei ihr alles in Ordnung sei, als wäre das zur Zeit von Bedeutung. Sie will nur, dass er zurückkommt, dass dieser Wahnsinn vorbei ist und er nie wieder zu solch einer Mission aufbrechen wird. Sehr naiv, das zu glauben, wenn man mit dem Anführer der Fuegos zusammen ist, doch sie kann es zumindest hoffen.

Die Hoffnung, dass er bald zurück ist, ist alles, was ihr gerade die Kraft gibt, etwas Rouge aufzulegen, damit ihr Vater sie nicht wieder vor Sorge den ganzen Tag im Auge behält.

Der letzte Angriff müsste gerade angefangen haben, oder sie sind schon mitten dabei. Alma wird sich daran niemals gewöhnen können.

Um endlich auf andere Gedanken zu kommen, geht sie schnell nach unten. Es fühlt sich merkwürdig an, ohne Thiago hier im Haus zu sein, auch wenn es sie zumindest ein wenig getröstet hat, auf seinem Kissen zu schlafen und seinen Geruch einatmen zu können.

Als sie jetzt die Treppe hinabkommt, springt Ace sofort auf und winselt.

»Ich weiß, mein Süßer, ich vermisse ihn auch. Komm, ich bringe dich zu deinen Geschwistern.«

Alma geht in die Küche, macht sich einen Kaffee und gibt Ace einen Frühstückshappen, wie die Getreidegebäcke genannt werden, die die Haushälterin für die Hunde herstellt. Es wird jeden Tag nun auch für die Hunde gekocht. Alma muss jedes Mal grinsen, wenn sie bemerkt, wie viel Mühe die Männer sich hier mit den Hunden geben.

Gerade als sie aus der Haustür zu ihrem Truck geht, läuft Nael lachend an ihr vorbei und begrüßt Ace. Eleonora geht hinter ihm her und hält sich den Rücken. Sie ist im fünften Monat und erwartet eine Tochter. In den letzten beiden Tagen haben die Frauen einander besser kennengelernt, und es erleichtert Alma die Situation, dass sie hier sind und dieselben Sorgen wie sie haben.

Alma begrüßt Nael. Er ist ein sehr niedlicher Junge und sieht seinem Vater Dario sehr ähnlich, wenn er auch dieselben schönen Augen wie seine Mutter hat.

Eleonora lächelt Alma an und seufzt leise. »Es sieht nicht so aus, als hättest du mehr Schlaf bekommen als wir anderen.«

Alma öffnet die Beifahrertür des Trucks und legt ihre Tasche schon einmal ab. »Nein, ich konnte gar nicht schlafen und bin froh, jetzt in den Laden fahren und mich etwas ablenken zu können. Wollt ihr mitkommen?«

Eleonora deutet auf Nael. »Wir haben ihm versprochen, ans Meer zu gehen und danach zu den Hühnern. Er ist so wild wie sein Vater und hält nicht lange still. Du erinnerst mich sehr an mich selbst damals, als ich Dario kennengelernt habe.«

Alma hebt die Augenbrauen. »Wirklich? Ich komme eher aus bescheidenen Verhältnissen und bin solch ein Leben nicht gewöhnt.«

Eleonora lacht und nickt. »Ja, wie ich. Ich habe in einer Fabrik gearbeitet und war nur einmal feiern, als ich Dario getroffen habe und sich das alles entwickelt hat. Als ich das erste Mal ihr Gebiet und ihre Häuser gesehen habe, dachte ich nur: Hier passe ich mit all meinen Nachbarn rein, was für eine Platzverschwendung.«

Alma lacht ebenfalls. »Ja, und Thiago fragt mich immer wieder, ob ich etwas am Haus ändern möchte, und ich denke: Bist du verrückt? Ich habe nicht einmal geahnt, dass ich jemals ein solches Haus betreten würde.«

Eleonora legt ihre Hand über ihren Bauch, während sie lacht, doch dann wird sie ernster. »Und dann verlieben wir uns auch noch in die Anführer ...«

Alma nickt. »Ja, es ist schwer, damit zurechtzukommen. All das ist schön, und ich liebe Thiago so, wie er ist, doch manchmal wünschte ich mir, er wäre ... Mechaniker, und wir würden ein etwas normaleres Leben führen.«

Es tut gut, mit jemandem darüber sprechen zu können, der dasselbe durchmacht.

»Das habe ich auch schon oft gedacht, doch es kommen immer wieder Zeiten, in denen du ihn zusammen mit seinen Männern beobachtest und verstehst, dass es um mehr geht. Das hier ist nicht nur Reichtum und die Macht, es ist so viel mehr. Es ist ein unglaublicher Zusammenhalt, ein Gefühl der Geborgenheit, die in einer Familia steckt. Es ist schwer zu beschreiben, aber ich bin mir sicher, dass du das auch eines Tages so empfinden wirst.«

Ace und Nael kommen zu ihnen, und Alma nimmt Ace auf den Arm. »Das sehe ich jetzt schon hin und wieder, und meine Hoffnung ist, dass es irgendwann ruhiger wird ...«

Eleonora nimmt Nael ebenfalls auf den Arm, der sich an die Schulter seiner Mutter kuschelt. »Das wird es auch. Es gibt Phasen, da vergisst man tatsächlich, wie gefährlich dieses Leben ist, doch dann passieren Dinge und ... wir stehen wieder da wie jetzt. Doch ich garantiere dir, dass die schöneren Zeiten überwiegen werden.«

Alma lächelt und gibt Nael einen Kuss auf die Wange. »Dann verlasse ich mich auf dein Wort. Habt ihr etwas gehört? Wann denkst du, kann man damit rechnen, etwas zu hören?«

Der Kleine scheint müde zu werden. »Ich habe gehört, dass sie bald angreifen werden. Vielleicht haben sie es auch schon. Ich schätze nicht, dass wir noch etwas erfahren werden. Die Flugzeuge sind in der Nähe gelandet, einige Verletzte sind schon auf dem Rückweg, und ich denke, sie werden von da direkt zurückfliegen. Wenn alles gut geht, sollten unsere Männer heute Nacht zurück sein, doch das kann man nie so genau sagen.«

In dem Moment sehen sie Dania zurück zum Haus der Frauen kommen. Zuletzt hat sie viel Zeit mit Saul verbracht und ihnen gesagt, dass sie ihn wirklich mag. Ihr Leben war bisher nicht einfach. Als sie drei Jahre alt war, wurde sie entführt. Sie hat ihr Leben lang ihre Familie gehasst, weil ihr gesagt wurde, dass sie sie verkauft haben. Nun kennt sie die Wahrheit, dass sie niemals verkauft sondern entführt wurde. Ihre Brüder haben sie befreit und nun lebt sie wieder mit ihren Brüdern und Eltern zusammen.

Natürlich hatte sie in all diesem Chaos keinen Kopf dafür, einen Mann kennenzulernen.

Als sie Saul dann eher zufällig begegnet ist, war sie gleich begeistert, doch man merkt, dass der Ex-Soldat eigentlich nur für die Familia lebt und bisher Frauen nur für sein sexuelles Vergnügen hatte. Auch er sucht Danias Nähe, doch gleichzeitig macht er stets immer wieder klar, dass er kein Mann für eine Beziehung ist.

Gestern Abend sind die beiden am Strand spazieren gegangen, und die Frauen haben sich respektvoll zurückgezogen, um ihnen etwas Freiraum zu geben. Ob sie die Nacht bei ihm verbracht hat?

Auch Eleonora sieht etwas besorgt zu Dania und gibt Alma einen Kuss auf die Wange.

»Wenn ich aus dem Laden zurück bin, komme ich vorbei. Soll ich euch etwas mitbringen?«, fragt Alma.

»Nein, wir haben hier alles, bis später«, erwidert Eleonora.

Alma fährt zum Wachhaus und reicht den Männern Ace, der dort Frühstück bekommt und mit seinen Geschwistern spielen kann. Einer der Männer folgt ihr in seinem Auto. Thiago hat darauf bestanden, dass während seiner Abwesenheit einer seiner Männer auf sie aufpasst.

Als Alma vor dem Laden hält, tritt sie an das heruntergelassene Fenster des Wagens hinter ihrem und fragt den Mann, ob er etwas brauche. Doch er telefoniert gerade und bedeutet ihr, dass alles in Ordnung sei.

Um ihn nicht zu sehr in Beschlag zu nehmen, will sie auch heute nicht zu lange im Laden bleiben, doch erst einmal begrüßt sie ihren Vater und Gabriella, die oben in der Küche ist und für sie Mittag vorbereitet. Die beiden sind kaum mehr zu trennen, und Alma liebt es, ihren Vater wieder so glücklich zu sehen.

Sie räumt das Gemüse und Obst ein, was sie gestern mit Nael geerntet hat, und spürt dabei den Blick ihres Vaters auf sich.

»Wie geht es Thiago, ist alles in Ordnung?«, fragt er.

Alma sortiert das Gemüse aus, was nicht mehr ganz so appetitlich aussieht, aber noch gut ist, um es für das Kinderheim beiseitezulegen. Gestern hat sie eine riesige Melone geerntet, die auch für das Heim bestimmt ist. Alegra wird später alles abholen.

»Ich hoffe doch, es geht ihm gut. Er hat gestern geschrieben, und vielleicht sind sie heute Nacht sogar schon zurück.« Alma hört, wie ihr Vater die Zeitung weglegt, sortiert aber weiter das Obst.

»Das ist doch schön. Wieso bist du dann noch so bedrückt? Ist es noch wegen seiner Frau und seines Sohnes? Ich dachte, du hättest das mit ihm geklärt?«

Nun sieht Alma doch auf. Sie vergisst immer, wie viel ihr Vater nebenbei aufschnappt und mitbekommt. »Nein, Papa. Ich mache mir Sorgen und werde erst wieder richtig durchatmen können, wenn er zurück ist, doch natürlich … Das mit seiner Frau und seinem Sohn wird immer irgendwie in meinem Kopf bleiben.«

Ihr Vater steht auf und schält eine Orange. »Das braucht es nicht, Alma. Thiago liebt dich. Denkst du, ich würde ihm so sehr vertrauen, wenn ich das nicht wüsste?«

Alma macht den Korb für Alegra zurecht. »Darum geht es nicht, Papa. Doch er hat seine Frau verloren, und ich weiß nicht, ob er das jemals vergessen wird.« Sie blickt hoch und direkt in die dunklen, vertrauten Augen ihres Vaters.

»Nein, das wird er nicht, Alma, das habe ich auch niemals. Ich liebe deine Mutter auch heute noch, und ich werde sie immer lieben. Dennoch bin ich sehr glücklich mit Gabriella. Weißt du, es gibt nicht nur die eine große Liebe, es gibt verschiedene Arten zu lieben, und die wenigsten Menschen lieben nur einmal. Als deine Mutter damals gestorben ist, war ich mir sicher, dass ich nie wieder jemanden an mich heranlassen kann. Es hat gedauert, doch ich würde nicht sagen, dass Gabriella mir weniger bedeutet. Jede Liebe ist anders, jede Liebe ist einzigartig. Du darfst dich deswegen nicht schlecht fühlen.«

Alma hat nicht darüber nachgedacht, dass ihr Vater etwas Ähnliches erlebt hat. Auch er hat seine Frau verloren, und Alma weiß noch genau, wie sehr er ihre Mutter geliebt hat. Tatsächlich fühlt es sich nicht falsch an, nun sein Glück mit Gabriella zu sehen.

»Du hast recht. Ich denke, wenn Thiago wieder da ist, werde ich wieder zur Ruhe kommen. Ich hab' dich lieb, Papa, und Gabriella und du, ihr passt perfekt zusammen. Es macht mich sehr glücklich, euch beide so zu sehen.«

Alma hat früher, wie wahrscheinlich die meisten Teenager, die Ratschläge ihres Vaters niemals beachtet, geschweige denn genauer hingehört, doch als sie ein paar Stunden später zurück zum Fuego-Gebiet fährt, denkt sie noch einmal über seine Worte nach. Sie kann sich glücklich schätzen, jemanden an ihrer Seite zu haben, der so ruhig und erfahren ist und sie immer wieder auf den Boden der Tatsachen holt.

Er hat recht. Seitdem sie nach der Sache mit Jakop zusammengefunden haben, zeigt Thiago eine Seite an sich, die Alma nicht mehr missen möchte. Er macht jeden Tag deutlich, wie sehr er sie liebt. Er ist aufmerksam, genießt ihre Nähe und möchte sie genauso oft um sich haben wie sie ihn. Kurz vor seinem Abflug hat er ihr in Aussicht gestellt, dass sie beide für ein paar Tage nach Kolumbien fliegen werden, wenn er zurück ist. Ihr Geschäftspartner hat dort mehrere Ferienhäuser, und sie können ein paar Tage nur für sich gut gebrauchen.

Sie muss versuchen, auch mit dieser Seite umgehen zu können, denn genau wie die schöne und zärtliche Seite gehört auch diese Seite, die des Anführers der Fuegos zu ihm, all das ist er und sie darf niemals den Fehler machen, das zu trennen.

Dania schläft, als Alma im Haus der Frauen ankommt. Sie hat die Nacht bei Saul verbracht und beteuert, dass nichts weiter zwischen ihnen passiert ist. Jemina und Eleonora überreden Alma, mit ihnen am Strand auf Neuigkeiten zu warten, doch sie hören nichts. Es ist auffallend still im Gebiet, und Alma hält die Anspannung kaum aus.

Sie ist erleichtert, als am Abend, während sie am Strand sitzen und sich den Sonnenuntergang ansehen, Saul zu ihnen kommt.

Doch als Alma ihm ins Gesicht sieht, steht sie auf, und auch die anderen Frauen sehen sofort, dass etwas nicht stimmt. Alma spürt, wie ihre Hände zu schwitzen beginnen, und reibt sie gegeneinander.

»Was ist passiert?«

Saul hebt die Hand. Alma mag den Ex-Soldaten, er hat ein gutes Herz. Auch wenn er immer nur ans Militär gewöhnt war und nicht so einfühlsam wie andere ist, ist er einer der liebsten Menschen, die es hier gibt. Doch als er ihnen jetzt entgegenkommt, spürt sie, dass etwas nicht stimmt.

»Es geht nicht um die Männer, keine Angst. Wir haben nur Bescheid bekommen, dass sie um 23 Uhr landen sollen. Also scheinen sie auf dem Rückweg zu sein oder zumindest auf dem Weg zu den Fliegern.«

Alma atmet erleichtert aus, und auch die anderen beiden Frauen entspannen sich etwas, bis sie wieder in Sauls Gesicht sehen. »Aber ...?«

Alma versteht nicht, wieso Saul dann so blass und durcheinander ist.

Er sieht zu Jemina. »Also ... ihr wisst ja sicherlich, dass wir einen Mann in El Salvador haben. Er sieht sich dort für uns um und hat uns in den Wochen zuvor immer wieder Informationen zukommen lassen über die Struktur der Familias dort, welche es noch gibt und ob und wo es noch Leute der Guerillas gibt. Er hat gerade angerufen. Wir werden die Männer deswegen nicht kontaktieren, um sie nicht abzulenken. Sie kommen ja eh bald zurück. Doch ich dachte, dass du es schon wissen solltest.«

Nun sehen Eleonora und Alma zwischen Saul und Jemina hin und her.

»Unser Kontakt hat ein Mitglied der Guerillas festgenommen. Ich habe ihm gesagt, dass er seine Füße stillhalten soll, bis Thiago hier ist und weitere Anweisungen gibt. Es gab immer wieder

Gerüchte, doch keiner hat so wirklich daran geglaubt, aber jetzt hat dieser Mann bestätigt, dass nicht nur du damals entführt wurdest, sondern es noch weitere Überlebende der alten Familia gibt, die in El Salvador sind.«

Jemina beginnt sofort zu weinen.

Eleonora umarmt sie, und Alma setzt sich auf den warmen Sand, als ihre Füße zu schwach werden, um sie tragen zu können, nachdem sie begreift, was Saul ihnen da gesagt hat und was das für sie bedeuten kann.

Kapitel 18

»Geht's?«

Diego setzt sich neben Thiago auf die Couch und reicht ihm einen Kühlpack.

»Danke, es geht schon. Der Verband hilft.« Thiago hält sich den Beutel an sein Auge und deutet auf seinen frischen Verband an der Schulter.

Er sieht sich im Flieger um. Sie alle haben etwas abbekommen. Fast jeder Mann hier im Flieger hat Platzwunden, Streifschüsse, Messerstiche, irgendetwas. Die schlimmsten Fälle sind schon vorher ausgeflogen worden und liegen inzwischen in Honduras im Krankenhaus. Thiago, Dario und Diego werden nach ihnen sehen, sobald sie gelandet sind.

Leider haben sie drei Männer verloren. Thiago hat schon viele Männer sterben sehen, viel zu viele. Männer seiner eigenen Familia zu verlieren, fühlt sich trotzdem noch einmal anders an. Es hat ihn getroffen, und auch jetzt kann er es nicht einfach beiseiteschieben.

Es ist ihnen aber gelungen, die Kaberanos so weit zu zerschlagen, dass sie sich davon nicht mehr erholen werden. Die Da Silvas haben Nicky, Adrian und einige ihrer Männer in Mexiko gelassen, um sich um den Rest zu kümmern. Sie werden sich in zwei Wochen treffen und besprechen, wie es in Mexiko weitergehen wird. Beschlossen ist bereits, dass sie sich zusammen um Mexiko kümmern, um das als erstes gemeinsames Projekt aufziehen zu wollen.

Doch erst einmal müssen sich alle ausruhen und wieder zu Kräften kommen, das war kein Spaziergang.

Thiago lehnt sich erschöpft zurück. Sie wussten, es würde hart werden, und es war der härteste Kampf, den er selbst jemals geführt hat. Jeder einzelne Knochen tut ihm weh. Dario sitzt ihm mit Dallas gegenüber. Die Da Silvas haben einen Arzt an Bord geholt, der sich gerade seine Schnittwunden im Gesicht ansieht. Eine Glasscheibe ist zersprungen und Dario hat die Scherben abbekommen. Die letzten Tage und besonders die letzten Stunden waren chaotisch. Nicht, dass Thiago das nicht gewohnt ist, doch dieses Mal war es besonders schwer.

Thiago kühlt sein Auge weiter. Es wird sich sicherlich bald blau färben, außerdem hat er einen Streifschuss an der Schulter, die der Arzt gerade verbunden hat. Elam ist einer der wenigen hier, der kaum etwas abbekommen hat. Er sitzt an Thiagos anderer Seite und döst vor sich hin. Sein jüngerer Bruder ist in der Familie mehr für das Organisatorische zuständig, doch es hat Thiago überrascht, wie schnell, kontrolliert und ruhig sein Bruder die Situationen sofort erfasst und in den Griff bekommen hat. Er beherrscht seine Waffe perfekt und hat ihm mehr als einmal den Rücken gedeckt. Das wird nicht das letzte Mal gewesen sein, dass er ihn zu einer der größeren Aktionen mitgenommen hat.

»Jetzt ein Bier am Meer, einen dicken Joint, ein Steak und eine hübsche Frau auf dem Schoß und drei Tage schlafen, dafür würde ich gerade töten.« Diego lacht, und auch Thiago muss schmunzeln, als Dallas mit geschlossenen Augen vor sich hinträumt. »Wir landen gleich und einiges davon kannst du dann haben.«

Auch Thiago freut sich auf Ruhe, und alles, was er gerade will, ist sein Bett und Alma in seinen Armen. »Ich bin froh, dass das Thema Mexiko jetzt endlich vorüber ist. Stellt euch vor, sie hätten ihre Pläne ausführen können.«

Diego neben ihm nickt zustimmend. »Das Thema ist endgültig vorbei.«

Für Thiago war es nicht leicht, diesen Angriff zu starten. Seiner Familia haben die Mexikaner nichts getan, doch er liebt Jemina und Copan und möchte jede Gefahr von ihnen abwenden. Als sie ins Haus der Kaberanos vorgedrungen sind, haben seine Männer

Pläne gefunden, die mehrere Luftangriffe und auch die Entführung von Copan und Nael vorgesehen haben. Es war alles bis ins kleinste Detail geplant. Nun weiß er, dass es richtig war, zu handeln. Die Angriffe wären in zwei Wochen durchgeführt worden.

Man hat Diego und Dario angesehen, dass es sie getroffen hat, wie knapp es war und dass sie auf solch massive Luftangriffe, wie sie geplant waren, nicht vorbereitet waren.

Thiago macht sich oft Gedanken, in welche Gefahr er die Leute bringt, die er liebt und mit denen er sein Leben teilt, ohne dass sie etwas mit der Familia zu tun haben. Jetzt zu sehen, dass es nicht nur ihm so geht, sondern dass wahrscheinlich alle Mitglieder einer Familia, insbesondere die Anführer, damit zu kämpfen haben, ist ernüchternd.

Mit ihnen im Flieger sind dreißig Mann, aus beiden Familias. Noch ein Flieger ist mit ihnen in der Luft, mit noch einmal vierzig Mann, und die restlichen sind vorher schon zurückgeflogen worden. Sie haben die Nächte kaum geschlafen, haben nur immer schnell etwas zwischendurch gegessen und sind erschöpft, doch das Adrenalin vom letzten und schwersten Kampf hallt noch in ihren Körpern nach.

Thiago hat Schmerzmittel bekommen. Er hat gerade zwei Stunden schlafen können und reibt sich trotzdem noch müde die Augen. »Erspart ihr euren Frauen alle Details?« Er ist sich unsicher, wie er wegen Alma vorgehen soll. Sie wird ihn garantiert ausfragen, doch er weiß nicht, wie viel er ihr zumuten kann oder sollte.

»Eleonora sage ich nur das, was sie wissen muss.« Dario wird noch immer von dem Arzt behandelt. »Ich werde ihr von den Plänen, die wir gefunden haben, nichts sagen, vor allem nicht jetzt in der Schwangerschaft. Sie wird erfahren, dass es schwer war und vorbei ist, doch keine Details.«

Diego steckt sein Handy wieder ein. Die haben hier alle keinen Empfang. »Mit Jemina kann ich da entspannter sein. Sie kennt das

Leben in der Familia genauso gut wie wir und will mehr Details wissen, doch ich werde ihr auch nichts von den Plänen erzählen.«

Thiago nickt. »Dann werden wir mal sehen, wie Alma mit alldem umgeht.«

Er kann es nicht erwarten, wieder bei ihr zu sein, und nun wird es nicht mehr lange dauern, denn der Flieger setzt zur Landung an.

In den letzten Tagen hat er den Kontakt kurz und knapp gehalten, damit sie gar nicht erst dazu kommt, nachzufragen und er sie mit seinen Antworten verunsichern kann. Wenn sie mitbekommen hätte, wie viele verletzt sind und wie schwer es war, hätte sie das nur noch mehr belastet. Sie hat geweint, als er sich von ihr verabschiedet hat und es hat ihn ein wenig an den Abschied damals von Rosa erinnert, auch wenn er das nicht wollte.

Thiago lässt die anderen zuerst aussteigen, er und Dario verlassen den Flieger als Letzte. Die Männer haben sich schon auf die wartenden Wagen verteilt, nachdem sie ihre Männer, die hiergeblieben und sie abholen gekommen sind, begrüßt haben. Es ist mitten in der Nacht, alle wollen nur nach Hause, und als Thiago neben Saul und Esau Alma und Eleonora entdeckt, die ihnen entgegensehen, lächelt er, und er spürt, wie sehr er sie liebt.

Ein Stück weiter liegt Jemina schon in Diegos Armen, und Dania steht daneben. Thiagos Blick gleitet wieder zu Alma zurück. Er sieht, wie besorgt sie ihn mustert. Sie ist blass und auch in Sauls Blick sieht er mehr Sorgen als alles andere. Sie müssen doch wissen, dass im Großen und Ganzen alles gut gelaufen ist. Thiago geht mit Dario die Treppe hinab. Sie sagen den Männern, sie sollen nach Hause fahren und sich ausruhen, und sobald er bei Alma ist, zieht er sie in seine Arme und begrüßt gleichzeitig Saul und Esau.

Er gibt Alma einen langen Kuss auf den Hals, als sie ihren Kopf an seiner Brust vergräbt. Wie sehr sie ihm gefehlt hat. »Hey, mein Herz, siehst du? Ich habe dir doch gesagt, dass alles gut wird.« Thiago küsst ihre Wange.

184

»Was hast du alles für Verletzungen? Was ist das für ein Verband?« Alma blickt hoch und streicht über sein Auge.

»Nur eine Wunde an der Schulter. War alles in Ordnung bei euch?«

Thiago küsst noch einmal Almas Stirn, er wird sie nachher richtig begrüßen, wenn sie allein sind, doch er behält sie weiter im Arm und sieht auch, dass Dario Eleonora im Arm hat und der schlafende Nael an seiner Schulter liegt.

Esau räuspert sich. »Den Verletzten in den Krankenhäusern geht es allen gut, sie erholen sich. Die Toten kommen morgen an. Übermorgen sind die Beerdigung und die Gedenkfeier geplant.« Esau hält seinen Blick gesenkt, und noch immer steht eine große Sorge in Sauls Augen.

»Was ist los? Ist etwas passiert?« Thiago kennt seinen Cousin in- und auswendig.

Im selben Moment spürt er, wie Alma sich in seinen Armen versteift, und Jemina tritt zu ihm. Er gibt ihr einen Kuss auf die Wange. Diego hält Copan im Arm und sieht ihn beunruhigt an.

Saul blickt zu den Wagen. »Vielleicht sollen wir das in Ruhe besprechen und erst einmal ...«

Jemina unterbricht ihn. »Nein, wir müssen sofort handeln. Jede Minute zählt.« Sie dreht sich zu Thiago um. »Wir wollten erst, dass ihr hier seid, damit ihr euch auf Mexiko konzentrieren könnt und einen klaren Kopf behalten könnt, doch jetzt müsst ihr es erfahren. Dallas, Mikail ...«

Jemina ruft die Männer zusammen, die noch auf dem Flugplatz sind und die allesamt zur alten Familia gehört haben.

Thiago versteht gar nichts mehr. »Was ist los?«

Auch Dario kommt zu ihnen.

Nun übernimmt Esau das Reden und erklärt endlich, was los ist. »Sparrow hat uns vor ein paar Stunden kontaktiert. Er hat einen

Mann der Guerillas gefunden und ihn ausgefragt wegen damals und wie viele es noch von ihnen gibt. Neben dem, dass es nur noch eine Handvoll sind und alle mittlerweile etwas anderes machen, hat der Mann aber auch erwähnt, dass noch ... dass es noch Überlebende aus eurer alten Familia gibt. Jemina war nicht die Einzige, die damals von hier nach El Salvador mitgenommen wurde. Sparrow kann nicht sagen, ob der Typ das nur in der Hoffnung erzählt, so seine Haut zu retten, oder ob es stimmt.«

Thiagos Herz beginnt zu rasen.

Saul räuspert sich. »Es gab immer wieder Gerüchte. Vielleicht ist etwas dran, wir wissen es nicht. Er hat noch nicht gesagt, um wie viele Leute es sich handelt oder um wen. Er scheint offenbar zu denken, er könne deswegen verhandeln. Ich habe Sparrow gesagt, er soll den Mann festhalten, bis du dich meldest. Wir wollten keinen Fehler machen, deswegen haben wir auf dich gewartet.«

Thiago hat Alma automatisch losgelassen. Ein Fluchen von Dario, der alles mit angehört hat, lässt ihn aufhorchen, doch Esaus Worte hallen in seinem Kopf wider. Es gibt weitere Überlebende, nach all den Jahren?

Jemina stellt sich vor ihn, und ihre grünen Augen sehen ihn fordernd an. »Thiago, verstehst du? Es leben noch welche. Wir müssen sofort los. Du weißt, wie sie mich gefangen gehalten haben. Jede Minute zählt. Ich habe nur auf euch gewartet und ...«

Diego kommt Thiago zuvor. »Du wirst nirgendwo hinfliegen, bist du verrückt geworden?«

Diego und Jemina lieben sich, seitdem sie kleine Kinder sind, und Thiago hat schon so manche Dramen um sie mitbekommen, doch dieses Mal hat Diego recht.

Thiago reibt sich müde die Augen. »Er hat recht, das ist viel zu gefährlich. Dallas, lass unseren Flieger auftanken. Wir fliegen in einer Stunde los. Es sollen nur die Männer mitkommen, die sich dazu in der Lage fühlen. Es wird nicht viel Gegenwehr geben, wir brauchen nicht sehr viele.«

Dallas geht sofort zurück zu den Piloten.

»Sagt den Arbeitern, sie sollen die große Maschine starten. Ich muss zumindest eine Dusche nehmen«, ruft Mikail ihm hinterher. Für keinen von ihnen ist es eine Frage, dass sie dabei sind. Sie kannten jeden einzelnen, den sie damals verloren haben.

Saul und Esau treten vor. »Wir kommen mit, wir sind ausgeruht. Ich rufe zu Hause an. Sie sollen die zehn Männer losschicken, die dort sind. Es sind ja jetzt alle anderen zurück und können das Gebiet bewachen.«

Thiago sieht sich um, die meisten Männer sind schon losgefahren. »Weiß Aden davon?«

Esau nickt und hat bereits sein Handy in der Hand, um die Männer herzuholen. »Ja, er wollte gleich kommen, aber ich habe ihm gesagt, er soll die Füße stillhalten und abwarten, was passiert.«

Jemina verschränkt die Arme vor der Brust. »Ich fliege mit! Das ist meine Familie, ich will mit eigenen Augen sehen, wer noch lebt. Ich kann nicht hierbleiben, ich ...«

Diego zieht seine Frau in den Arm, die zu weinen beginnt. Thiago kann es ihr nicht verübeln, allein der Gedanke, dass noch jemand überlebt hat, lässt sein Herz schneller schlagen. Gleichzeitig lässt das Wissen, dass die Leute aber all die Jahre gefangen gehalten wurden, sein Blut gefrieren. Die Guerillas sind grausam. Allein beim Gedanken daran, was sie Jemina in zwei Tagen angetan haben ... Hier reden sie von Jahren in Gefangenschaft.

Diego küsst Jeminas Wangen. »Schatz, ich verstehe dich, doch es ist zu gefährlich. Ich werde Thiago begleiten und ...«

Jemina unterbricht ihn. »Nein, ich fliege mit, Diego. Es ist mir egal, was ihr alle davon haltet. Wenn es zum Kampf kommt, halte ich mich zurück, doch ich werde nicht hierbleiben.«

Diego und Thiago sehen einander an. Sie kennen Jemina und wissen, dass sie sich nicht umstimmen lassen wird. Also flucht Diego leise und reicht Copan an Eleonora weiter, die ihn in ihre Arme schließt. »Passt auf ihn auf, wir sind morgen zurück.«

Dario und Elam setzen auch an, etwas zu sagen, doch Thiago kommt ihnen zuvor. »Die Männer, die wir hier haben und die kommen, reichen. Ihr müsst hier als Anführer bei den Frauen und Verletzten bleiben, bis wir zurück sind. Besonders, falls doch noch etwas wegen Mexiko passiert, was ich allerdings nicht glaube.«

Dario nickt. »Ich werde nachher gleich ins Krankenhaus fahren. Denkt daran, dass in El Salvador alles möglich ist. Ihr müsst euch auf alles gefasst machen.«

Das wissen sie alle leider nur zu gut. Herrgott, Thiago ist müde, doch allein die Aussicht, dass jemand von ihnen in El Salvador gefangen gehalten wird, lässt ihn sofort wieder in den Angriffsmodus schalten. Er blickt zu Saul. »Ruf Sparrow an und sag ihm, er soll den Mann zum Flughafen bringen, wir haben keine Zeit zu verlieren.«

Saul hat schon sein Handy am Ohr, und erst jetzt sieht Thiago wieder zu Alma, die einige Schritte zurückgetreten ist. Sie weint. Thiago war so abgelenkt, dass er sie für einen Moment vergessen hat. Verdammt. Er bedeutet allen, dass er gleich kommt, geht zu Alma, nimmt sie an die Hand und geht mit ihr einige Schritte hinter einen der Wagen, wo sie allein sind, und sieht sie angespannt an.

»Hör zu, Alma, ich weiß, dass ich gerade viel von dir verlange, und es tut mir leid. Ich habe dir versprochen, dass wir wegfliegen und erst einmal Ruhe ist, wenn ich wieder hier bin, aber ich muss ...« Er nimmt ihr hübsches Gesicht zwischen seine Hände und streicht ihr die Tränen weg. Er will sie nicht so traurig sehen.

»Nein, nein, das ist ... Ich verstehe das. Es ist unglaublich, dass welche überlebt haben, und ich freue mich für euch, für dich, falls es ...«

188

Thiago hat nicht eine Sekunde daran gedacht, was Alma denken könnte, und sieht ihr jetzt in die Augen. »Hast du gedacht, es könnte Rosa sein?«

Alma wendet ihren Blick sofort ab, was ihm Antwort genug ist.

»Das kann nicht sein. Wir haben damals nicht viel gefunden, aber hin und wieder verbrannte Kleidungsstücke und darunter waren auch Rosas.«

Nun weint Alma noch mehr und weicht zurück. »Gott, das ist so bizarr. Ich bin der schlechteste Mensch der Welt. Ich hätte dir gewünscht, dass ... es ist ... ich ... Diese Situation ist nicht normal, Thiago, und es bricht mein Herz.«

Thiago greift nach ihrer Hand und hindert sie daran, weiter von ihm zu weichen. »Nein, das ist es nicht, mein Herz. Das alles hier ist wirklich nicht normal, und man kann gar nicht richtig reagieren. Hier gibt es kein richtig oder falsch. Doch eins musst du wissen.«

Er sieht ihr wieder in die Augen, damit sie erkennt, wie ernst er seine Worte meint. »Selbst wenn die Möglichkeit bestanden hätte ... ich liebe dich. Du musst aufhören, dich deswegen fertigzumachen. All das ist über zwei Jahre her. Rosa ist nicht gestorben, weil wir uns ineinander verliebt haben, Alma. Sie ist gestorben, und dann haben wir uns verliebt. Niemand kann sagen, was sonst gewesen wäre. Wer weiß, vielleicht wäre ich mit Rosa zusammen gewesen und hätte dich trotzdem getroffen und mich in dich verliebt, oder wir wären gar nicht mehr verheiratet, weil es nicht geklappt hätte. All das kann man jetzt nicht sagen, und du musst aufhören, darüber nachzudenken. Ich bin hier, ich liebe dich und ich will dich nicht verlieren, auch wenn ich weiß, wie viel ich dir gerade aufbürde.«

Alma scheint sich mit jedem seiner Worte mehr zu beruhigen.

Er lächelt und küsst ihre Stirn. »All das ist nicht normal, das stimmt, und ich weiß auch nicht, wie ich reagiert hätte, wenn ich an deiner Stelle gewesen wäre. Du hältst dich tapfer für all das Chaos, und es tut mir leid, dass ich dich in all das mit reinziehe.«

Erleichtert legt er die Arme um sie, als sie ihren Kopf an seine Brust legt.

»Ich muss erst lernen, mit so viel Stress zurechtzukommen, ohne durchzudrehen«, sagt sie. »Die Angst um dich lähmt mich, und dann kommt etwas dazu und … Du hast recht. Manchmal ist das Leben zu kompliziert, als dass es immer nur richtig oder falsch gibt.«

Thiago hebt ihr Kinn mit seinem Finger an. »Ich würde nichts lieber tun, als jetzt mit dir nach Hause zu gehen, doch ich muss da runterfliegen und gucken, ob die Information stimmt und um wen es geht. Ich könnte so keine Minute weitermachen. Wir müssen unsere Leute da rausholen. Sie werden die Hölle durchgemacht haben. Aber dann komme ich zurück zu dir.«

Alma nickt. »Das verstehe ich. Ich werde zwar weiter durchdrehen, bis du hier bist, doch wenn du danach zu mir zurückkommst und mich wieder im Arm hältst, werde ich das durchhalten.«

Thiago lächelt und beugt sich zu ihr herunter, um sie endlich wieder ganz zu spüren. »Versprochen!«

Er küsst sie lange. »Ich habe dich vermisst. Wo ist eigentlich mein Kumpel?«

Alma streicht mit ihrem Finger über sein Kinn. »Den habe ich zu Hause gelassen. Er vermisst dich sehr. Doch als ich davon erfahren habe, habe ich geahnt, dass ihr gleich wieder losfliegt. Ich wollte ihn nicht mitnehmen, nur damit er erneut Abschied von dir nehmen muss.«

Thiago drückt sie noch einmal an sich und schließt einen Moment die Augen. Er mag es, wenn sie von ihrem gemeinsamen Zuhause spricht. »Morgen bin ich zurück.« Er küsst ihre Stirn und würde Alma am liebsten nie wieder loslassen, doch Saul ruft nach ihm.

190

»Wir werden noch etwas essen und dann losfliegen, ist das in Ordnung?«, fragt Thiago an Alma gewandt.

Alma blickt zu ihm hoch und küsst seine Wange. »Solange du danach wieder zu mir nach Hause kommst, ist alles in Ordnung.«

Kapitel 19

»Dieses Land ...«

Sobald Thiago den Boden El Salvadors betritt, fühlt es sich falsch an. Es liegt ein Fluch auf diesem Land. Da der Flug nicht lange gedauert hat, hatte auch keiner die Möglichkeit, sich noch einmal auszuruhen. Sie haben geduscht und sich frisch gemacht, etwas gegessen und schon waren sie gelandet.

»Mir wird übel.« Jemina stellt sich zu ihm. Diego bleibt an ihrer Seite. Besonders ihretwegen müssen sie sehr vorsichtig sein, doch gerade blicken sie nur auf einen gut gelaunten Sparrow, der am Rande des Flugfeldes an einen silbernen Jeep gelehnt steht und ihnen entgegenblickt.

»Beeindruckend. Die Da Silvas und die Fuegos. Da bin ich ja richtig erleichtert, dass ich nichts zu befürchten habe.« Er öffnet die hintere Tür seines Wagens und zieht einen Mann heraus, der mit Handschellen gefesselt ist.

Sobald Thiago den Mann erkennt, kocht sein Blut. Sparrow hat nicht irgendeinen Mann gefunden, sondern einen wichtigen Vertrauten Jumas, dem Anführer der Guerillas. Er muss damals beim Angriff entkommen sein. Thiago hat sich lange gewünscht, einen der Verantwortlichen in die Hände zu bekommen. Jetzt einen vor sich zu haben, lässt ihn sofort seine Waffe ziehen.

Jemina tritt einige Schritte zurück. Wahrscheinlich erkennt sie ihn von ihrer Entführung damals.

»Wir sollten einen klaren Kopf behalten, bis wir alles aus ihm rausbekommen haben.« Saul geht vor und begrüßt Sparrow und den Mann.

Sparrow schlägt dem Mann auf die Schulter, der breitbeinig vor ihnen steht und unbeirrt zu ihnen sieht. Seine langen, dunklen

Locken kleben verschwitzt im Gesicht, und er hat getrocknetes Blut an der Augenbraue. Er verzieht seine Lippen zu einem schiefen Lächeln, als er zu Jemina sieht.

Sparrow zieht den Mann etwas zurück. »Ich habe hier und da einen gefunden, doch keiner war mehr aktiv. Ihn hier habe ich bei einer kleinen Familia am Meer gefunden. Er hat sich denen angeschlossen, und als er gehört hat, dass ich nach überlebenden Guerillas suche, hat er mich aufgesucht. Ich schätze, er dachte, da will jemand die Guerillas wieder aufleben lassen. Als ich ihm gesagt habe, dass die Fuegos mich geschickt haben und sie das Land unter Kontrolle bekommen wollen, ist ihm die Idee gekommen, sich euch anzuschließen. Er möchte alle Karten offenlegen und hofft, dass er sich danach eurer Familia anschließen kann.«

Ist dieser Mann wahnsinnig? Wie kann er auch nur eine Sekunde daran denken, dass sie ihn bei sich aufnehmen könnten? Thiago kneift die Augen zusammen und versucht, so ruhig wie möglich zu bleiben. Saul hat recht, sie müssen ihn in dem Glauben lassen, er hätte eine Chance, hier lebend rauszukommen, bis sie herausgefunden haben, ob noch jemand von ihnen lebt.

So schwer Thiago es auch fällt, er reißt sich zusammen und sieht dem Mann in die Augen. »Was weißt du? Habt ihr wirklich noch Leute von uns?«

Der Mann sieht von Jemina weg und zu Thiago. »Als Erstes möchte ich sagen, dass ich einer der besten Männer der Guerillas war. Ich habe sehr viel Erfahrung und kann euch nützlich sein.«

Thiago reißt sich weiterhin zusammen. Der Mann ist gefangen, und er weiß, dass, wenn sie es wollen, er keine Sekunde länger lebt. Ihnen allen wird es gerade in den Fingern kribbeln und er wird das wissen. Er muss nicht reden. Seine Chancen stehen so oder so schlecht. Die einzige Hoffnung, die ihm bleibt, scheint ein Deal zu sein.

»Ach ja? Dann fang an, nützlich zu sein und erzähl. Wer lebt noch und wo?« Auch wenn Thiago versucht, nicht wütend zu klingen, gelingt ihm das nur mäßig.

Der Mann lacht und deutet zu den Männern hinter Thiago. »Sobald ihr das wisst, bin ich tot. Was für eine Garantie habe ich?«

Thiago lächelt. »Du weißt, wer ich bin?«

Der Mann nickt.

»Dann weißt du sicherlich auch, dass ich mein Wort halte. Wenn du uns alles sagst, was du weißt und wir die Leute finden, garantiere ich dir, dass die Fuegos dich verschonen werden und ich bei meinen Männern ein gutes Wort für dich einlege. Darauf hast du mein Wort. Mehr kann ich dir nicht versprechen.«

Sparrow pfeift durch die Zähne. »Na, das ist doch etwas. Ich habe nicht gedacht, dass du hier lebend rauskommst.«

Der Mann sieht Thiago in die Augen, der seinem Blick standhält. Schließlich nickt der Mann. »Okay, ich bringe euch hin.«

Sie sollten keine unnötige Zeit verschwenden. Thiago weiß nicht, wie lange er seine Männer davon abhalten kann, Rache für ihre Familia zu nehmen. Deswegen bedeutet er Sparrow, dass sie aufbrechen.

Loris hat drei Range Rover für sie gemietet, die bereits am Flughafen auf sie warten. Saul steigt zu Sparrow ins Auto, um zu verhindern, dass einer während der Fahrt doch noch einmal seine Meinung ändert und der Mann ihnen nicht mehr den Weg zeigen kann.

Sie alle sind angespannt. Sie wissen, wer der Mann ist und dass er für den Tod all jener Menschen verantwortlich ist, die sie verloren haben.

Jemina und Esau sitzen mit Dallas und Thiago im Auto.

»Er war da, damals, als ich im Haus gefangen gehalten wurde«, sagt Jemina. »Er ist nicht irgendjemand.«

Thiago folgt Sparrows Wagen und sieht durch den Rückspiegel zu Jemina. »Ich weiß. Er wird auch dafür bezahlen, doch erst einmal brauchen wir ihn, um rauszufinden, was hier los ist.«

Sie fahren von der Schnellstraße ab und kommen in eine reiche Gegend mit vielen kleinen Villen.

Esau sieht sich um. »Hier werden welche gefangen gehalten? Was denkt ihr? Wer könnte überlebt haben?«

Natürlich beherrscht auch diese Frage die ganze Zeit Thiagos Gedanken. »Es müssen Frauen sein. Die Männer, die damals hier ihr Leben verloren haben, haben wir alle nach und nach zurück nach Honduras bringen und dort beerdigen können. Nur die .... Bei den Frauen war es bei der verbrannten Erde oft nicht möglich.«

Jemina seufzt laut und sieht aus dem Fenster. »Ich kann nur hoffen, dass es ihnen gut geht, egal, wer es ist.«

Sparrow hält vor einer Einfahrt. Saul, der Mann der Guerillas und Sparrow steigen aus.

»Vielleicht solltest du lieber ...« Thiago dreht sich zu Jemina um, doch sie hat schon die Wagentür geöffnet.

»Nein, ich muss dabei sein.«

Sein Blick gleitet zu Diego, der seine Waffe zieht und auf der anderen Seite aussteigt. »Du kennst sie. Wenn sie sich etwas in den Kopf gesetzt hat, kann man sie nicht davon abhalten.«

Auch Thiago zieht seine Waffe, und nach und nach steigen alle Männer aus und sehen auf ein großes Familienhaus, mit zwei Autos vor der Tür. »Also rede, wer ist hier? Und gibt es noch einen anderen Ort?«

Der Mann deutet zu dem Haus. »Hier drin leben die beiden Einzigen, die wir noch mitgenommen haben. Als wir uns ... um die Frauen und Kinder gekümmert haben, haben wir diese Schönheit entführt.« Er nickt Jemina zu. »Den Männern war schnell klar, dass sie die Tochter des Anführers ist. Und einem unserer Männer ist die Idee gekommen, auch gleich noch etwas Geld zu verdienen. Deswegen haben wir zwei Babys mitgenommen. Die anderen Kinder waren schon zu alt und hätten Ärger gemacht, doch es gab zwei Babys, die wir schon am nächsten Tag für viel Geld an die Familie hier verkauft haben. Ich habe sie damals hier abgegeben und war danach nie wieder hier.«

Für jedes einzelne Wort aus seinem Mund würde Thiago den Mann gern töten, doch er steckt seine Waffe weg. »Zwei Babys? Sonst gibt es niemanden mehr, der noch in El Salvador ist?«

Der Mann schüttelt den Kopf. »Nein, wir haben sehr gründlich gearbeitet. Lasst mich rein, mit den beiden sprechen, ich ...«

Thiago sieht zu Diego, der daraufhin nach dem Mann greift.

»Hey ... du hast dein Wort gegeben, was soll das?«

Thiago hebt die Hände. »Ich halte immer mein Wort. Kein Fuego wird dich töten. Zu schade nur, dass auch ein Da Silva hier ist. Und, Männer, möchte einer von euch, dass er etwas mit unserer Familia zu tun hat? Ich lege hiermit ein gutes Wort für ihn ein.«

Ein einstimmiges Nein ertönt von allen.

Sparrow lacht, und bevor der Mann der Guerillas noch etwas sagen kann, hat Diego ihn schon auf den hinteren Sitz eines der Autos geschoben und sieht noch einmal zu Thiago. »Wir treffen uns beim Flugplatz. Passt gut auf.« Sein Blick geht einen Moment besorgt zu Jemina, doch er weiß, dass sie auf sie aufpassen werden.

Mikail und vier weitere Männer begleiten ihn. Thiago deutet den anderen, draußen zu warten. Es ist eine normale Familie, und sie wollen sie nicht erschrecken, solange sie nicht alles genau wissen. Deswegen gehen nur Jemina, Dallas und er zur Tür und klingeln.

Eine Frau um die vierzig in einem langen Sommerkleid öffnet ihnen. »Hallo, wie kann ich Ihnen helfen?« Sie sieht überrascht zwischen ihnen hin und her.

Thiago setzt dazu an, etwas zu sagen, doch Jemina kommt ihm zuvor und tritt vor. »Die zwei kleinen Kinder, die ihnen vor über zwei Jahren verkauft wurden, gehören zu uns.«

In dem Augenblick, als die Frau blass wird, wissen sie, dass es stimmt. Hier leben zwei Kinder aus ihrer Familia.

Ein Mann kommt dazu, und Jemina wiederholt noch einmal, weshalb sie da sind. Er blickt eingeschüchtert zu Thiago, Dallas und den Männern in der Einfahrt und bittet sie schnell herein. Natürlich war die Art und Weise, wie sie an die Babys gekommen sind, garantiert nicht legal, und man sieht ihnen die Panik an.

»Sind Sie von der Polizei? Es … bitte, wir können das erklären. Kommen Sie mit, setzen Sie …«

Sie gehen hinter dem Mann durch das gemütlich eingerichtete Haus. Thiago bemerkt kleine Schuhe am Eingang, einen Teddy auf dem Boden, eine Spielwerkzeugbank in der Ecke des Wohnzimmers.

»Mama, Abil hat mein Eis …« Ein kleiner Junge mit dunklen Locken kommt aus dem Garten ins Haus gerannt und wirbelt um die Frau herum. Er ist höchstens drei, und gleich hinter ihm kommt ein weiterer Junge, der ein klein wenig älter wirkt. Sie alle bleiben stehen und sehen sich die Jungen an, die sich um die Beine der Frau herum jagen und sie nicht weiter beachten.

Jemina lächelt und geht auf die Knie. »Das sind Arman und Chichou. Die Söhne von Santos und Gabriel. Nur die beiden hatten in dieser Zeit Babys. Arman war gerade zwei Monate alt, Chichou ein halbes Jahr.« Sie sieht zu Dallas und Thiago. »Seht doch, das Muttermal auf seiner Wange, erinnert ihr euch?« Jemina hält die beiden auf, die sie neugierig ansehen.

Es stimmt, natürlich erkennt Thiago die Jungen nicht, er hat die Babys nur einige Male auf dem Arm gehabt, doch er erinnert sich an das hellbraune Muttermal auf dem Kinn von Santos' Sohn. Sie haben ihn damit aufgezogen, dass er seiner Frau in der Schwangerschaft einen Wunsch nicht erfüllt hat. Man sagt, dass das Baby dann ein Muttermal bekommt.

Als Thiago jetzt in die Gesichter der beiden Jungen sieht, hat er die Gesichter ihrer Väter vor sich. Sie beide waren beim Angriff auf El Salvador dabei, und beide haben es nicht überlebt. Er wünschte, sie hätten gewusst, dass ihre Söhne noch leben, dann hätten sie sich vielleicht zurückgehalten. Es ist so vieles falsch gelaufen damals.

»Wieso weinst du?« Der ältere Junge deutet mit dem Finger auf Jemina.

»Weil es schön ist, euch wiederzusehen. Wir gehören zu eurer Familie.«

Der jüngere Junge geht wieder zu der Frau und hält sich an ihrem Bein fest. »Mama, wer ist die Frau?«

Auch die Frau weint. Sie scheint zu begreifen, dass sie nicht von der Polizei sind.

Der Mann räuspert sich und bittet sie, sich an einen Tisch im Garten zu setzen.

Sie sind nicht wütend auf das Ehepaar, doch sie wollen wissen, was passiert ist, und Jemina erzählt, wer die beiden Jungen sind und wieso sie sie erst heute gefunden haben. Für Außenstehende ist das, was passiert ist, natürlich unglaublich, und man sieht den beiden an, wie schockiert sie sind.

Thiago überlässt Jemina das Reden. Er beobachtet die Kleinen. Dallas geht in der Zwischenzeit zu ihnen und spielt mit ihnen Ball. Gabriel und Santos waren gute Freunde von ihnen, und jetzt ihre Söhne zu sehen, ist wie ein kleiner Trost für sie. Vor allem Arman sieht seinem Vater sehr ähnlich. Thiago hat mit allem gerechnet, aber nicht, dass sie zwei kleine Jungen wiederfinden.

Erst als das Ehepaar erzählt, wie sie die Kinder bekommen haben, hört Thiago wieder zu. Sie sind schon lange verheiratet und haben alles getan, um Kinder zu bekommen. Die Frau hatte sechs

Fehlgeburten, und sie standen schon lange Zeit auf einer Adoptionsliste, nachdem die Ärzte ihnen gesagt hatten, dass die Wahrscheinlichkeit, dass sie leibliche Kinder haben können, quasi bei null liegt. Sie waren am Boden zerstört. Alles, was sie wollten, war es, endlich Kinder zu haben.

Der Mann ist Arzt in einem Krankenhaus, und irgendwann hat ein Kollege ihn angesprochen. Er würde jemanden kennen, der zwei Babys vermitteln könnte. Bei einem Autounfall wären die Eltern gestorben, und die Babys sollten ins Heim kommen. Er hat ihnen angeboten, die Vermittlung direkt zu machen, weil er wusste, wie sehr sie sich Kinder wünschen. Für 500.000 Dollar könnten sie sie bekommen. Mit neuen Papieren, Namen und allem anderen.

Die Frau schluchzt. »Wir wissen, dass das nicht richtig war, doch als wir die beiden im Arm hatten, haben wir sie sofort geliebt. Das sind unsere Kinder, und wir ihre Eltern, sie haben ...«

Thiago unterbricht sie. »Nein, das sind sie nicht! Das Geld macht sie nicht zu euren Kindern. Sie heißen Arman und Chichou, und sie müssen wissen, wer ihre richtigen Eltern waren.«

Dallas setzt sich zurück an den Tisch und sieht zu den Eltern. »Es ist schön, zu sehen, dass es den beiden gut geht. Wir haben uns schon sonst was für Szenen ausgemalt, was uns hier erwartet.«

Die Frau reagiert nicht mehr, sie weint nur noch. Sie ahnt, was sie nun erwartet, Jemina deutet ihr aber, noch abzuwarten.

Da kommen die beiden Jungen zu ihrem Tisch und springen dem Mann auf den Rücken. »Papa, Papa, können wir schwimmen, bitte?«

Der Mann holt die beiden von seinem Rücken und kitzelt sie. »Gleich, geht erst einmal in die Küche und holt euch ein Eis.«

Sie beobachten, wie vertraut die beiden mit den Jungen umgehen. Jemina sieht Thiago an. In ihren Augen liegt eine tiefe Unsicherheit.

Der Mann sieht den Kindern nach und wendet sich dann an sie. »Ich kann das wirklich verstehen, und wir sehen auch ein, dass es naiv war, zu glauben, dass niemals etwas zu uns zurückkommt. Die beiden haben eine Geschichte, und sie haben auch das Recht, davon zu erfahren. Natürlich nicht jetzt, sie sind noch viel zu klein, doch wir sind bereit, das zu tun. Nur nehmt sie uns nicht weg. Sie haben es hier gut, für sie sind wir ihre Eltern, und wir werden sie mit aller Liebe großziehen. Ihr könnt sie jederzeit sehen und euch davon überzeugen, dass es ihnen gut geht. Wenn ihr sie uns jetzt wegnehmt, werden sie traumatisiert. Sie sind noch zu klein, sie verstehen all das nicht, und wir überleben das auch nicht. Sie sind alles für uns. Ihr habt recht, das Geld macht uns nicht zu ihren Eltern, doch auch die Genetik macht es das nicht. Es ist die Liebe, die wir für sie empfinden.«

Die Kleinen kommen zurück, und sie unterbrechen das Gespräch.

Thiagos Kopf dröhnt. Die harten Kämpfe der letzten Tage, die Schusswunde, die an seiner Schulter pocht, der wenige Schlaf und nun hier im Haus zu sitzen und auf die totgeglaubten Kinder von Santos und Gabriel zu blicken, lässt seinen Kopf platzen. Er steht auf. »Wo ist Ihre Toilette?«

Die Frau deutet nach oben. »Das Bad ist im ersten Stock ganz links.« Sie sieht ihn unsicher an. Wahrscheinlich ist es ihr unangenehm, einen Kerl wie ihn hier im Haus herumlaufen zu lassen.

Im ersten Stock ist auch alles gemütlich eingerichtet. Thiago fragt sich, ob es bei ihm im Haus auch so aussehen würde, wenn er Kinder hätte. Bunte Kinderbademäntel hängen im Bad. Enten liegen in der Badewanne, Bälle liegen im Flur. Thiago fragt sich, was nun aus den Kleinen wird. Er nimmt sie mit zu sich – und dann? Sie können ihnen nicht diese Stabilität geben, die sie brauchen. Sie sind viel zu oft unterwegs, sie würden immer wieder woanders schlafen müssen, und er kann nicht von Alma verlangen, sich um die beiden zu kümmern. Jemina würde sie sicherlich nehmen, doch er weiß nicht, ob das im Sinne von Santos und Gabriel wäre, wenn sie in Puerto Rico aufwachsen.

Thiago wäscht sich das Gesicht und hofft, dadurch wieder klarer denken zu können. Als er das Bad verlässt, geht er in den Raum daneben. Es ist das Kinderzimmer. Hier stehen zwei Betten, die wie Flugzeuge aussehen, alles ist in Weiß und Hellblau gehalten, eine Ritterburg ist aufgebaut und überall liegen Spielsachen herum.

»Bitte nehmen Sie uns die beiden nicht weg.« Plötzlich steht die Frau neben ihm und sieht auch in das Kinderzimmer. »Ich schwöre Ihnen, dass sie es hier gut haben. Sehen Sie doch ...« Sie zieht ein Album aus dem Regal und zeigt ihm viele Kinderbilder. Auch einige Bilder von dem Kindergarten, in dem sie sind.

Thiago sagt nichts dazu. Als sie das Album schließt und ihn mit verweinten Augen ansieht, wendet er sich langsam ab.

»Ich kann auch nicht zulassen, dass die beiden hier leben und nicht wissen, wer ihre richtigen Eltern sind und wo sie herkommen. Das schulde ich ihren Eltern.« Ohne sich noch einmal umzudrehen, geht er wieder hinaus in den Garten. Er sieht Jemina und Dallas an, die weiter die Kinder beobachten.

Eine Weile sitzen sie alle zusammen am Tisch, die Kinder essen ihr Eis, und sie fragen sie ein wenig aus. Soweit es geht, sie sind ja erst drei und vier. Als Jemina und die Frau danach mit den beiden im Garten spielen, beobachtet Thiago das weiter.

Irgendwann bekommt er eine Nachricht von Diego, dass sie fertig sind und im Flieger warten.

Im selben Moment kommt Jemina zu ihm und setzt sich neben ihn. »Sie haben recht, wir können sie hier nicht einfach wegnehmen. Das hätten ihre Väter auch nicht gewollt. Sie fühlen sich hier wohl. Hier leben sie friedlich und glücklich. Wenn wir sie mitnehmen, wird das für sie ... Sie sind zu klein, um das zu verstehen. Wir müssen sie wieder an unsere Familia gewöhnen, aber langsam.

Die Hauptsache ist doch, dass wir sie gefunden haben. Wir haben jetzt alle Zeit der Welt.«

Thiago sieht zu dem Ehepaar. Man sieht ihnen an, dass sie kurz davor sind, zusammenzubrechen, doch für die Kinder halten sie das aus.

Jemina hat recht, auch wenn er die beiden Kinder am liebsten sofort mitnehmen würde, weiß er, dass das nicht richtig wäre. Thiago lässt sich die Ausweise der Eltern zeigen und bringt alles Weitere in Erfahrung, was er wissen muss.

»Die beiden bleiben bei euch. Ihr habt recht, ihnen geht es hier gut, und das ist alles, was wir uns für sie wünschen. Doch wir bestehen darauf, dass sie wissen, woher sie kommen und wer ihre Eltern sind. Und wenn sie irgendwann zu uns möchten, können sie das jederzeit tun. Außerdem möchte ich immer über sie informiert werden, am besten alle paar Tage. In drei Wochen kommt ihr zu uns nach Honduras, wo sie alle unsere Männer kennenlernen und zum Grab ihrer Eltern gehen können.«

Die Mutter fällt ihm freudig um den Hals. Sie hat fest damit gerechnet, dass sie ihnen die beiden wegnehmen. Thiago versteht jedoch, dass das nicht geht. Sie haben ihr ganzes, wenn auch kurzes Leben hier verbracht, das hier ist ihr Zuhause. Als die Frau an seiner Schulter zu weinen beginnt, streicht Thiago ihr über den Rücken. »Passen Sie gut auf die beiden auf. Sie sind ein Teil meiner Familia, und meine Familia geht mir über alles.«

Die Frau nickt und kann nicht aufhören zu weinen.

Da es ihnen allen schwerfällt, die beiden Kinder dort zu lassen, dauert es einige Zeit, bis sie schließlich zum Flieger kommen.

Jemina blickt sich, auf der obersten Stufe der Treppe stehend, noch einmal um und sieht auf El Salvador. »Ich hoffe, nie wieder hierherkommen zu müssen.«

Thiago legt den Arm um sie und gibt ihr einen Kuss. Er weiß, dass er sich weiter um El Salvador kümmern muss, doch er hofft, dass für Jemina das Kapitel beendet ist.

Er weiß noch genau, wie er damals zurück in den Flieger gebracht wurde. Schwer verletzt und halb durchgedreht. Drei Männer haben es kaum geschafft, ihn in das Flugzeug zu bekommen. Fast alle Männer wurden getötet, alle Frauen und Kinder sind in diesem schrecklichen Feuer umgekommen. Er hat sich damals wie der schlimmste Verlierer gefühlt, und El Salvador war für ihn die Hölle auf Erden. Er dachte, dass er das niemals überstehen wird. Doch nun sieht auch er sich noch einmal um und weiß, dass er nur noch stärker aus der Asche der Vergangenheit aufgestanden ist.

»Lass uns nach Hause fliegen.«

Kapitel 20

Thiago atmet tief ein, als er endlich seine Haustür hinter sich schließt und Ace ihn freudig begrüßt.

»Hey, Kumpel, sieht ja ganz so aus, als hättest du mich ein wenig vermisst.«

Er lacht leise, während der Hund an ihm hochspringt. Es ist ruhig im Haus. Die Sonne geht gleich unter. Sie haben niemandem gesagt, dass sie zurück sind. Wahrscheinlich haben alle erwartet, dass sie erst morgen zurückkommen, aber es ging am Ende doch relativ schnell und ohne Komplikationen.

Thiago hat die Männer, denen sie begegnet sind, nur kurz begrüßt. Morgen geht er die Verletzten besuchen, und die Beerdigungen finden statt. Die meisten Männer der Da Silvas sind schon zurück in Puerto Rico. Dario und Diego bleiben bis morgen hier und nehmen an den Beerdigungen teil, danach wird es noch eine Besprechung mit allen geben, und dann fliegen sie zurück.

Jemina hat gleich gesagt, dass sie in drei Wochen wieder hierherkommt, wenn die beiden Jungen zu ihnen zu Besuch kommen, und irgendetwas sagt ihm, dass auch Dania mitkommen wird. Er hatte noch nicht die Zeit, mit Saul zu sprechen, doch er spürt, dass da mehr ist zwischen Dania und ihm. Er wird ihn darauf ansprechen, doch erst mal will er nur ins Bett.

Müde geht er in die Küche und gießt sich etwas Wasser ein. Alma sollte eigentlich hier sein, die Wachen haben ihm gesagt, dass sie vor einer Stunde nach Hause gekommen ist. Er hört sie allerdings nicht, auch im Garten ist niemand.

»Wo steckt sie? Hast du gut auf Alma aufgepasst?«

Der Welpe hört gar nicht mehr auf, an ihm hochzuspringen. Thiago nimmt ihn einen Moment auf den Arm und streichelt ihn, dann gibt er ihm einen Kauknochen und geht die Treppe nach oben.

Im Schlafzimmer sieht er, dass die Tür zur Terrasse offen steht. Sein Blick fällt auf das Bett und dann ...

Alma liegt auf der gemütlichen Loungecouch auf der Terrasse und ist eingeschlafen. Ein Buch liegt auf dem Boden. Er kann sich vorstellen, dass die letzten Nächte auch für sie nicht die einfachsten waren.

Er kniet sich vor sie und sieht in ihr hübsches Gesicht. Er liebt jedes Detail an ihr. Sein Finger streicht über den kleinen Leberfleck unter ihrer Lippe, und er küsst ihre Wange. »Hey, mein Herz.«

Almas Augen öffnen sich zaghaft. Kurz schließt sie sie wieder, nur um sie dann schnell wieder zu öffnen und sich aufzusetzen. »Wieso bist du ...?«

Im nächsten Moment liegt sie erleichtert in seinen Armen, so schwungvoll, dass Thiago nach hinten kippt und sie beide auf dem Terrassenboden landen.

Alma strahlt ihn an. Sie nimmt sein Gesicht zwischen ihre zarten Hände und gibt ihm mehrere Küsse auf die Lippen und die Wange. »Du hattest dich nicht gemeldet, und ich bin nicht zur Ruhe gekommen. Keiner wusste etwas, und ich dachte ... Ich habe mir das Allerschlimmste vorgestellt. Eleonora hat nur von Jemina erfahren, dass ihr Kinder gefunden habt ... Wieso habt ihr nicht gesagt, dass ihr zurückkommt?«

Thiago gibt ihr einen Kuss zurück, setzt sich auf den Loungesessel und zieht sie mit auf seinen Schoß.

»Das war auch so, wir haben zwei Jungen gefunden, die in El Salvador bei einer neuen Familie leben. Sie wurden an sie verkauft. Sie sind die Söhne von zwei guten Freunden, die nun tot sind. Ihnen geht es gut dort, und ihre neue Familie hat nichts mit den Familias zu tun. Wir haben mit der Familie vereinbart, dass sie uns hier besuchen, damit die Jungen nach und nach erfahren, wer sie wirklich sind und wer ihre Eltern waren. Ich denke, für das Erste ist das die beste Lösung. Sie sind noch zu klein, um all das zu verstehen. Wir sind danach direkt zum Flughafen gefahren und hergekommen.«

Alma lächelt. Sie sitzt so, dass sie ihn anschauen kann. Er ist froh, wieder das Strahlen in ihren braunen Mandelaugen zu sehen, und legt seine Hand an ihre Wange.

»Jetzt ist erst einmal Ruhe. Wir beerdigen morgen meine Männer und nehmen Abschied. Übermorgen fliegen wir beide für ein paar Tage weg. Der Jet steht bereit, und dein Vater weiß Bescheid. Er wird sich die Tage mit Gabriella um den Laden kümmern. Wie hört sich das an?«

Alma schlingt ihre Arme um seinen Hals. »Traumhaft.«

Sie küsst ihn, und Thiago erwidert den Kuss mit all den Gefühlen, die in diesem Moment in seinem Herzen wohnen.

Es ist ein verwirrendes Gemisch aus Stolz auf das, was er bisher erreicht hat, Trauer um die Männer, die sie verloren haben, Sorge über das, was sie noch erwartet, und gleichzeitig Freude über das, was sie noch erreichen werden. Ein Gefühl der tiefen Zufriedenheit und dem festen Vertrauen in seine Familia. Und all das wird von der tiefen Liebe gekrönt, die er für Alma empfindet.

Sie wird spüren, wie sehr er ihre Nähe jetzt will und braucht. Sie lösen den Kuss nur kurz und finden sofort wieder zusammen. Ihre Hand gleitet unter sein Shirt und streicht über seinen Bauch. Er zieht sie ganz auf seinen Schoß. Seine Schulter schmerzt, doch er ignoriert es.

»Lass uns reingehen.« Alma lächelt und dreht sich um, doch da sehen sie, dass über dem Meer, auf das sie von der Terrasse blicken können, die Sonne untergeht. Die Welt um sie herum ist in ein dunkles Orange bis hin zu einem tiefen Rot getaucht.

Alma setzt sich zurück auf Thiagos Schoß, und er umfasst sie mit seinen Armen und legt sein Kinn auf ihre zarte Schulter. So verharren sie und blicken auf den Sonnenuntergang.

»Für mich ist das hier der schönste Ort der Welt.« Alma verschränkt ihre Finger miteinander.

»Dann hast du ja nichts dagegen, wenn ich dich für immer bei mir behalte.« Er küsst ihren Hals entlang und sieht dann wieder zum Meer.

Er muss an damals denken, als er mit seinen Brüdern, als sie noch kleine Kinder waren, jeden Abend wie wild über diesen Strand gerannt ist. Als er zurückkam mit all dem Hass in seinem Herzen, hat nur der Anblick des Meeres ihm wieder Ruhe gebracht. Das hier ist sein Zuhause, das wird sich niemals ändern.

Zwischen diesen Jahren ist so viel passiert: Er war am Boden und wusste nicht, ob er die Kraft findet, wieder aufzustehen, und als er das getan hat, war sein Herz so kalt, dass er dachte, er würde nie wieder lieben können. All das gehört zu seiner Geschichte und macht ihn zu dem Mann, der jetzt hier sitzt und über sein Land blickt.

Er bereut einiges, doch er weiß, dass das zum Leben dazugehört. Er dachte, er könnte nie wieder zufrieden sein, nicht mehr solch ein tiefes Glück empfinden wie jetzt mit seiner Familia an seiner Seite und Alma in seinen Armen, doch er ist froh und dankbar, dass die Liebe zu seiner neuen Familia und vor allem zu Alma den Hass der Vergangenheit besiegt hat.

Entdecken Sie die atemberaubende Welt von Jaliah J. …

Tamina ist wohlbehütet bei ihrer Mutter in L.A. aufgewachsen. Ihr Vater und ihre Brüder, die in Mexiko leben, haben trotz der Entfernung immer an ihrem Leben teilgenommen und es war schon sehr früh klar, dass sie ihr Studium an der berühmten UNAM-Universität in Mexiko-Stadt absolvieren wird. Tamina freut sich auch, diesen Teil ihrer Herkunft endlich besser kennenzulernen, und stürzt sich in ihr neues Leben in Mexiko.

Allerdings holt sie sehr schnell der Teil ihres Lebens ein, den sie nur zu gern beiseiteschiebt und verdrängt: Die Familia, deren Anführer ihr Vater ist und die gefährlichen Seiten, die dieses Leben und der Reichtum, den sie genießen, mit sich bringen. Obwohl ihre Identität immer geheim gehalten wurde und sie sich in Sicherheit gewogen hat, wird ihr in Mexiko schnell klar, dass sie sich diesem Leben und der Bürde Sinaloas nicht entziehen kann.